Ottokar Domma

Ottokar, die Spottdrossel

Ottokar Domma

Ottokar, die Spottdrossel

Illustriert von Manfred Bofinger

Dietz Verlag Berlin

Domma, Ottokar : Ottokar, die Spottdrossel / Ottokar Domma. –
2. Aufl. Berlin : Dietz Verl. GmbH 1993. – 156 S. : 27 Illustr.

Mit 27 Illustrationen von Manfred Bofinger

ISBN 3-320-01824-8

2. Auflage 1993
© Dietz Verlag Berlin GmbH 1993
Einband: Manfred Bofinger
Typographie: Brigitte Bachmann
Printed in Germany
Satz: TASTOMAT GmbH, Eggersdorf
Druck und Bindearbeit:
Graphischer Großbetrieb Pößneck GmbH
Ein Mohndruck-Betrieb

Inhalt

10	**A wie Affe** Die Affen und die Menschen
16	**B wie Bulle** Von Bullen und Polizisten
20	**C wie Chamäleon** Das falsch verstandene Chamäleon
26	**D wie Dinosaurier** Die Dinosaurier kommen
32	**E wie Elefant** Das Elefantische und das Menschliche
38	**F wie Flöhe** Flöhe geistig gesehen
44	**G wie Gans** Dumme Gänse im Visier
50	**H wie Hund** Der beste Freund des Menschen
56	**I wie Igel** Vorsicht, es stachelt
62	**J wie Jaguar** Andere Zeiten, andere Anreden
66	**K wie Katze** Arme und hochwohlgeborene Katzen
74	**L wie Läuse** Haben Sie Läuse?

	M wie Mastschwein
80	Wir sündigen eben anders
	N wie Nachtigall
86	Sehr geehrte Frau Nachtigall!
	O wie Osterhase
90	Mit versteckter Kamera beobachtet
	P wie Papagei
98	Die Papageienkrankheit
	Q wie Qualle
104	Bin ich eine Qualle?
	R wie Ratte
110	Fast ein Liebesroman
	S wie Storch
116	Warum es weniger Babys gibt
	T wie Tausendfüßer
120	Zeigt her eure Füßchen
	U wie Unke
126	Politische Unken leben gefährlich
	V wie Vampir
132	Blutlecker, Blutsauger, Blaublutmörder
	W wie Wespe
138	Einsatz im Planquadrat 6/M
	X wie Xanthippafuria
144	Das letzte Abenteuer der „Enterprise"
	Y wie Ypsiloneule
150	Tag und Nachtschwärmer
	Z wie Ziege
154	Über das Benehmen von Ziegen und Zicken

Vorwort

Hätten die Tiere Humor, dann würden sie Tag und Nacht lachen über die Menschen, die alles so tierisch ernst nehmen.

Wir Deutschen wollen aber ernst genommen werden.

A wie Affe

Die Affen und die Menschen

Die Affen waren die ersten Schauspieler und Artisten der Menschheitsgeschichte. Sie wußten viele tausend Jahre lang nicht, wie talentiert sie sind. Erst als die Menschen auf sie aufmerksam wurden, setzte eine große Reisewelle der Affen ein. Ganze Affenfamilien bildeten Theaterensembles und eroberten die Herzen der Menschen in großen und kleinen Städten, besonders in Berlin. Affen können lachen, weinen, schimpfen, wimmern und sogar Urwaldgedichte rezitieren, natürlich in ihrer Muttersprache, und sie bewegen sich körperlich auf höchstem Niveau.
Aber wie alle Ausländer und Einwanderer waren auch sie den Menschen gegenüber mißtrauisch. Seit Adam und Eva aus dem Paradies vertrieben wurden, sind Menschen unberechenbar. „Was soll aus uns werden, wenn die mit Knüppeln uns von der Bühne treiben?" fragten die Affen. Da sprach der Älteste der Sippe, Mister Kingkong: „Wir lassen ein hohes Eisengitter um unsere Bühne bauen zum Schutz der Affenwürde." Denn Affen, muß man wissen, sind sehr selbstbewußt. Sie fragen nicht dauernd, wer bin ich? Sie wissen es.
Bei der ersten Vorstellung im Berliner Zoo-Theater, so erzählte Amanda, eine alte Affenmutter, hatte sie doch ein bißchen Angst, auch wenn sie die Theaterbesucher hinter einem Gitter wußte. Sie sah die selt-

samen Wesen, die sich so komisch kostümiert hatten und in einem Fressen waren. Die Kinder lutschten an irgendwelchen Stangen und Tütchen, die Erwachsenen stopften sich lange oder dicke Dinger in den Mund, daß der Saft nach allen Seiten spritzte. Einige störten die Vorstellung über alle Maßen. Sie schütteten aus schlanken Behältern eine Flüssigkeit in sich hinein und stießen grobe Laute aus. Der alten Äffin war beklommen ums Herz, darum überhörte sie auch das Stichwort ihres Gatten. „Ü ü ü" mußte er ein paarmal sagen, bis Amanda endlich begriff, daß i h r Auftritt jetzt dran ist. Sie nahm das jüngste Affenkind aus sechster Ehe, herzte und küßte es und suchte im zarten Flausch des Babys Läuse, die sie entsprechend ihrer Rolle mit Genuß zu verspeisen hatte.

Da war der Bann gebrochen. Die Menschenkinder freuten sich über diese Szene am meisten und warfen der betagten Schauspielerin eine Banane zu, die ihr aber der Gatte nach sechster Ehe mit einem Sprung wegnahm. Denn auch unter Affen ist es mit der Gleichberechtigung von Mann und Frau noch nicht so gut bestellt. Affenmänner haben das Sagen.

Die Affen sind eine eingespielte Theatergruppe. Jeder kennt seine Rolle und jeder kann jederzeit die Rolle des anderen übernehmen. Sie brauchen keinen Regisseur, und sie lassen sich in ihr phantastisches Programm von niemandem reinreden, nicht vom Zoodirektor, nicht von Oberlehrern, auch nicht von der Gewerkschaft „Tier und Mensch" (TuM) und von einer Partei schon gar nicht. Die Affenkünstler schauen bei ihren Darbietungen nicht auf die Uhr, denn sie haben ganztägig ein Live-Programm, zu dem die Theaterbesucher kommen und gehen, wann sie wollen. Zwischendurch müssen die Schauspieler natürlich auch etwas essen (sie bevorzugen Naturprodukte) und gelegentlich, wenn es ihnen ankommt, ihre Notdurft auf der Bühne verrichten, das gehört auch zum Programm. Doch wenn es dunkel wird, ziehen sie sich in ihre Schlafgemächer zurück. Von wegen Nachtvorstellung! Sie haben sowieso bald mitbekommen, daß die Menschen nachts lieber in die Fernsehglotze schauen, statt ins Theater zu gehen. Zu Hause ist es viel bequemer und das Theater wahrscheinlich auch zu teuer. Die Affenkünstler verzichten auf Lohn, auch Gage genannt. Sie sind nicht wild darauf, geehrt zu werden wie ein Star, und nicht verrückt nach einem Orden oder Ministerposten. Affen sind bescheiden, im Unterschied zu den Menschen ausgesprochen menschenfreundlich und werfen nicht mit faulen Eiern auf sie. Affen sind ansonsten geduldig, im Prinzip.

Die zweibeinigen Kritiker haben natürlich immer an den Vorstellungen etwas auszusetzen, sonst wären sie ja keine Kritiker. Nach ihrer Meinung dürfte das Programm nicht durchgängig jugendfrei sein. Beispiel: Ein Affenmädchen, es spielte die kesse Susi, hatte sich ihrem derzeitigen Freund Ferdi, mehrfacher Affenvater, allzu willig ergeben. Beim dritten Akt wunderte sich Susi, als eine Menschenmami im Zuschauerraum ihrem Menschenkind die Augen zuhielt und befahl: „Komm, wir gehen, das ist nichts für dich!" Doch das Kind verhielt sich störrisch wie ein Eselchen und antwortete patzig: „Was ist schon dabei? Die beiden lieben sich doch bloß! Im Fernsehen sieht man das auch, nur nicht so frei!"

Es stimmt. Die Affen genießen ihre Freiheit in vollen Zügen, wenn auch nicht gerade in überfüllten S- und U-Bahnen, und sie verbergen ihre Gefühle nicht. Affen können nicht heucheln und tun, als wären sie

Engel. Sie lieben die Wahrheit und lügen nie, auch wenn sie aus Not und Verlegenheit lügen. Wie anders sind doch die Menschen, besonders die auserwählten. Sie versprechen ihren Mitmenschen die Glückseligkeit auf Erden, ohne in Wahrheit etwas dafür zu tun. Affen sind besonders gegen falsch Zeugnis sehr empfindlich. Hat doch vor kurzem so ein Kritiker in der Zeitung geschrieben: „Die letzte Parlamentssitzung war das reinste Affentheater!" Das war eine Beleidigung der Affen. Die Ensemblemitglieder stimmten einmütig einer Protestresolution zu, in der es am Schluß heißt: „Wir lassen uns nicht mit Euch Abgeordneten vergleichen. Affen sind umgänglicher und liebenswerter als Ihr. Ihr sät nur Zwietracht, wir aber bringen Freude."

Doch was nutzt es. Die Menschen verstehen ja die ausländische Affensprache nicht und geben sich auch nicht die Mühe, sie zu lernen. In ihrem Hochmut verlangen sie, daß alle, gleichwohl in welchem Lande, Deutsch sprechen müssen. So egoistisch sind sie.

B wie Bulle

Von Bullen und Polizisten

Der Bulle, das weiß jedes Kind vom Lande, ist ein Zuchttier. Da Bullen keiner Religion angehören und sich nicht an Vorschriften, zum Beispiel den Koran oder Kathechismus, halten müssen, dürfen sie, wie man so sagt, immer und überall fremdgehen. Bullenbesitzer sorgen dafür, daß dieses Riesenrindvieh immer bei Kraft ist, den Kühen zur Freude und dem Magen der Menschen zum Wohlgefallen. Denn wer sonst sorgt für Rindernachwuchs?
Wenn man daran denkt, daß in unserem einigen Vaterland 58,731 Prozent der Einwohner vom Rindvieh, eben von Fleisch, Milch, Butter, Sahne, Joghurt und so weiter leben, also von der freien Marktlandwirtschaft, dann weiß man, was ein Bulle wert ist. Der Bulle ist sich seiner Bedeutung auch bewußt. Schon sein stattliches Aussehen verleiht ihm Respekt: der massige Körperbau, der sture Blick, die geballte Kraft! Wer getraut sich, einem Bullen zu widerstehen? Und dann die Potenzen zur Fortpflanzung! Er hat so viel davon, daß die Züchter gezwungen sind, ihm ständig etwas abzunehmen und in Kühlschränken aufzubewahren für Bedürftige. Man nennt dies auch Rucksackbullen.
Seit 50, wenn nicht noch mehr, Jahren bezeichnet man Angehörige einer bestimmten Berufsgruppe ebenfalls als Bullen, nämlich die Polizisten. Wissenschaftler wie Anthropologen oder Pornothologen

haben sich mit dieser Wandlung noch nicht befaßt. Es ist noch nicht einmal genau festgestellt worden, wo der menschliche Bulle das erste Mal auftauchte. Erschallte der Ruf „die Bullen kommen!" schon zur Zeit des Alkoholverbots in Chicago, oder hat Mackie Messer diesen Namen erfunden, oder war der Name Bulle eine Tarnbezeichnung der Schwarzmarkthändler vom Alexanderplatz? Jedenfalls hat sich dieser Ruf eingebürgert, daß sogar Kinder, die auf verbotenen Plätzen spielen oder Autos beschmieren oder Häuser besetzen, ihre lustvolle Tätigkeit unterbrechen und Reißaus nehmen, sobald die Bullen kommen. Sie lernen eben von den erfahrenen leidgeprüften Erwachsenen.

Aber das ist noch nicht einmal die interessanteste Seite der Namensgleichheit mit dem Rindvieh. Warum gerade Bulle, so frag ich mich als wißbegieriger Gymnasiast? Hätte man nicht ein anderes tierisches Lebewesen als Namensvetter wählen können? Eine Lehrerin, die ich von früher her kannte, nämlich das Fräulein Heidenröslein, hatte eine Idee. Sie sollte in ihrer Hauptschule, die jetzt „Aufschwung" heißt, eine Projektwoche vorbereiten und kündigte das Projekt „Bullenforschung – wer macht mit?" an. Der neue Direktor aus Ostfriesland stimmte erfreut zu. Stammte er doch selbst aus einer angesehenen Bullenzucht, die im Konkurrenzkampf die braungescheckte Rasse der bayrischen Kalbshaxenfresser erfolgreich schlug. Wie ich hörte, haben die faunaistisch gebildeten Hauptschüler ganz schön diskutiert. „Vielleicht wäre es besser, statt Bullen Ochsen zu sagen." Dem widersprach ein Schüler namens Schweine-Sigi: „Ochsen werden kastriert und dienen als Schlachtvieh. Damit kann man Polizisten nicht vergleichen!" Die schon sehr früh aufgeklärte

Sonja verteidigte die Bullen: „Und wer soll dann für den Nachwuchs sorgen?" Abgeschmettert wurde auch der Vorschlag eines Schülers von der Wickingerfraktion: „Warum nicht Fuchs statt Bulle?" „Dann schon lieber Hund, weil sich Hunde gut dressieren lassen!" „Aber dann müßten die Polizisten eine bessere Spürnase haben!" Es soll hin und hergegangen sein. Pferd wurde abgelehnt, das sei ein zu edles Tier. Auch Eule, die nur bei Nacht sieht. Überhaupt ginge das schon gar nicht, denn Eule ist weiblichen Geschlechts. Reptilien kamen nicht in Frage, bis auf den Dinosaurier wegen seines gewaltigen Schildes, den er auf dem Rücken trägt. Zum Schluß blieb man doch bei Bullen, weil sie männlichen Geschlechts sind, sehr fruchtbar, stur und zu Gewalteinsätzen bereit. Wer sie nicht respektiert, hat nichts zu lachen. Trotzdem ganz richtig ist der Ausdruck nicht, wenn man daran denkt, daß es auch weibliche Polizisten gibt, Revierpolizistinnen, Kriminalpolizistinnen, wie sie jede Woche über den Bildschirm laufen. Nicht schlecht anzusehen, schön schlank, tolles Make-up, menschlich und hilfsbereit, richtig knackig. Bulle ist nur ein Ehrenname für die männlichen Beamten, besonders wenn sie zur Schlachtordnung antreten. Deshalb wäre es nicht nur biologisch ungerecht, die netten, freundlichen Frauengestalten auch Bullen zu nennen. Dann schon besser „Bullerchen" oder „Bullerinchen". Aber bitte mit „B" geschrieben und auch so ausgesprochen, woran besonders die Sachsen denken sollten.

C wie Chamäleon

Das falsch verstandene Chamäleon

Die Menschen neigen dazu, ihre Mitmenschen gern mit einem Tiernamen anzusprechen und ihnen Eigenschaften anzudichten, die nicht stimmen. Wenn zum Beispiel eine normal gewachsene Frau ihren zwei Zentner schweren Gatten Haselein oder Häschen nennt, so ist das eine glatte Verwechslung. Das einzige, was er mit einem Häschen gemeinsam hat, ist, daß er sich gern streicheln läßt und seiner Gattin aus der Hand frißt. Vielleicht hat er auch nur Angst vor ihr. Aber Angsthasen sind bei Frauen nicht sehr beliebt.
Oder nehmen wir einen anderen Typ von Gatten. Er kommt von der Arbeit nach Hause und schreit schon im Flur: „Hallihallo, wo ist denn mein süßes Mäuschen?" Das Mäuschen ist vielleicht gerade damit beschäftigt, den verstopften Abfluß im Klosett wieder durchlässig zu machen. Der Gatte sucht und findet sie in einem erbärmlichen Zustand. Statt zu sagen, „laß mich das machen", ruft er entsetzt: „Ach du mein süßes Mäuschen, wie siehst du denn aus!"
Doch auch dieses Mäuschen hat absolut keine Ähnlichkeit mit den kleinen zierlichen Knabbertierchen. Außerdem, hätte der Gatte schon einmal eine Maus gefressen, dann wüßte er, wie sie schmeckt. Süß bestimmt nicht.
Solche Zärtlichkeitsausdrücke, die den Menschen in die Tierwelt versetzen, könnte man stundenlang auf-

zählen. Sie bestätigen nur, wie der Mensch sich irren kann. Dabei sind noch längst nicht alle Lebewesen erkundet, die zu einem lieben Verhältnis zwischen den Menschen führen würden. Nehmen wir die Reptilien. Kein Mann kam bisher auf den Gedanken, seine Gattin mit dem eleganten schlanken Körper und den gepflegten dritten Zähnen als „Reptilchen" anzusprechen. Warum eigentlich nicht? Die meisten Männer legen doch Wert auf Outfit, das liest man doch oft in Heiratsanzeigen. Aber nie ist zu lesen: „Welches CHAMÄLEON ist bereit, mit mir zu reisen, Tennis zu spielen, am knisternden Kaminfeuer sich innig mit mir zu vermählen? Es ruft dich voller Sehnsucht deine Gazelle." Keine liebesdurstige Frau kam bisher auf diesen Gedanken. Warum? Weil sie keine Ahnung von der Tierwelt hat. Wie viele Männer würden sich als Chamäleon geehrt fühlen! Auf allen Vieren kämen sie angekrochen, könnten bequem in der Reisetasche der Gazellenfrau auf Kreuzfahrt gehen, würden die Lustfreudige anhimmeln, mit dem linken Glotzauge von oben und mit dem rechten von unten. Und wenn die Herzensdame ihre Lippen zum Kuß spitzt, dann würde das Chamäleon blitzschnell seine überlange Zunge aus seinem breiten Maul herausschleudern und aus lauter Liebe die Gazelle fressen. Möglich wäre es. Wie oft sagen Männer zu ihrer Liebsten: Ich habe dich zum Fressen gern. Auch wenn sie ein Magengeschwür davon bekämen.

Aber das Schönste am Chamäleon ist: Es kann sich tarnen, also so verwandeln, daß es unsichtbar wird. Am Kamin würde es im Schein des Feuers rötlich schimmern, im Gras grasgrün sein und im Wald die Farbe der Stämme, der Blätter und des Bodens annehmen. Nicht einmal der Förster könnte sagen: Ich habe heute im Jagen 7 ein Pärchen zwischen dem

Farnkraut liegen gesehen. Denn wäre der Mann ein Chamäleon, dann sähe der Förster nur die Frau, und wäre die Frau eine Gazelle, dann würde er überhaupt nichts sehen, denn das Reptil hätte sie mit seiner klebrigen Zunge längst vernascht.

Vom Chamäleon lernen, heißt siegen lernen. Diesen Satz muß man sich wie keinen anderen merken. Nehmen wir als Beispiel die Soldaten oder überhaupt das Militär als solches. Sie lernten als erste vom Chamäleon siegen, indem sie ihre Kampfuniformen der Umgebung anpaßten. In normalen Landschaften wie Europa, Asien, Afrika, Amerika und anderen Dschungelgegenden sind die Stoffe der Kampfanzüge fleckig, also grün wie Blätter, braun wie Äste und Erde. In unnormalen Gegenden wie in der Wüste sind sie gelb, im Wasser blau wie die Adria oder schmutziggrau wie die Ostsee und in schneesicheren Landschaften einfach weiß. Die Militärs sagen dazu den Leitspruch: „Nicht gesehen werden, aber selbst viel sehen." Das sagen aber auch die angenommenen Feinde. Wenn diese Rechnung aufginge, dann sähe keiner was, womit eigentlich ein Krieg schon überflüssig wäre. Wo man nichts sieht, kann man nichts bekämpfen, nichts besiegen.

Schön wärs, aber dem ist nicht so. Bomben und Raketen sind immer noch farbenblind und außerdem elektronisch gesteuert. Wo sie niedergehen, treffen sie Krankenhäuser, Hotels, Schulen, Kindergärten, Wohnhäuser, Kirchen, egal, wie die Menschen sich getarnt haben. Und wenn Kinder und Frauen, Greise und Nonnen in militärischen Tarnanzügen rumlaufen würden, vor dem Tod wären sie genau so wenig sicher wie die Chamäleonsoldaten. Wozu also Kampfanzüge? Warum dürfen Soldaten nicht in schönen bunten Bermudas und knalligen T-Shirts kämpfen?

Die wären doch viel bequemer und vor allem billiger.

Aber so kann nur ein dummer Mensch fragen, ein Tier nicht. Tiere wie das Chamäleon richten sich nach den Gesetzen der Natur und Menschen nach den Gesetzen der Politiker. Politiker haben Freude beim Anblick ihrer Soldaten in Kampfanzügen und denken: Ja, so müssen Männer aussehen: hart, todesmutig und unbesiegbar. Und wenn die Männer dann ausziehen müssen in ein fernes Land, dann werden sie von Kamera-Teams begleitet und gefilmt, weit ab vom Schuß, damit die Frauen und Mädchen in der fernen Heimat sehen, wie tapfer sie in den Krieg ziehen gegen Menschen, die ihnen nichts getan haben. Und damit das Volk erkennt, daß auch Präsidenten unheimlich mutig sind, setzen sich zu Weihnachten oder an anderen Festtagen auch Präsidenten ganz persönlich in ein Flugzeug, um ihre Soldaten fern der Heimat zu besuchen. Im Flugzeug haben sie sich wie ein Chamäleon verwandelt, indem sie ihren unmännlichen Zivilanzug aus- und einen männlichen Kampfanzug anzogen, und im Blitzlichtgefecht der Reporter watschelt dann der Präsident mit nachgemachtem Soldatenschritt an aufgestellten Soldaten vorbei, damit die sehen: Der oberste Herr ist mit uns. Aber weit ab vom Schuß. Das sehen dann zu Hause die Untertanen an den Bildschirmen, und sie schreien aus ihren Klubsesseln jubelnd: Seht, der Präsident! Der traut sich was, er ist ein Held! Aber die meisten Väter, Mütter und Bräute der Soldaten werden sagen: „So verarscht man uns." Und die Kinder müssen in der Schule singen: Gott schütze unsere Helden, und die toten Helden können nichts sagen, nicht einmal mehr: Scheiße, das alles!

Die bescheuerten Menschen haben das Chamäleon total falsch verstanden. Von ihm siegen lernen, heißt nämlich l e b e n lernen.

D wie Dinosaurier

Die Dinosaurier kommen

Bevor der liebe Gott Adam und Eva erfunden hat, das muß vor ungefähr 1,8 Millionen Jahren gewesen sein, schuf er in seiner unendlichen Liebe erst einmal die Tiere im Wasser, die Vögel in der Luft, die abscheulichen Insekten im Urwald und als Krönung der Schöpfung die Dinosaurier. Das war genau vor zweihundertzwanzig Millionen Jahren und sieben Monaten. Er modellierte diese ungeheuren Biester zuerst aus Lehm, sie überragten den Schöpfer um einige Meter, hatten einen furchtbaren Kopf, so groß wie ein Findling aus der Endmoränenzeit, und ein Gebiß mit langen spitzen Zähnen. Die Arme waren verkümmert wie bei einem Känguruh, (wahrscheinlich, weil sie zu faul waren, zu arbeiten) dafür hatten sie Beine wie der Stamm einer 600jährigen Eiche, unheimliche Schenkel und wuchtige Füße, breit wie ein Bierfaß. Dem Schönheitsideal des Meisters entsprechend, ließ er dem Urvieh noch einen mehrere Meter langen Schwanz wachsen, auf den sich das Riesenreptil stützte, um aufrecht gehen zu können. Der Herr gab ihm den Namen Dinosaurier. Warum, das weiß er heute nicht mehr. Ist ja auch schon lange her, im Alter vergißt man vieles. Außerdem sind die Dinosaurier nach 65 Millionen Jahren bereits ausgestorben, wer soll sich ihrer noch erinnern? Darum: Friede ihren Fossilien, Friede ihren versteinerten Knochen, von de-

nen ein Knorpel heute mindestens so wertvoll ist wie ein Mercedes in Luxusausführung.
Was hatte der Mensch mit den Dinosauriern zu tun? Eigentlich gar nichts. Der hat sich ja einige Millionen Jahre später in Schönheitskonkurrenz mit den Affen entwickelt. Die Menschen ernährten sich redlich von Fischen und Mammutfleisch, sie bekamen nie einen Dinosaurier zu Gesicht. Die Eiszeit machte ihnen ohnedies zu schaffen, bis das Feuer entdeckt wurde, damit die Urmütter das rohe Fleisch endlich grillen konnten.
Nachdem die Menschen von Adam und Eva lernten, wie man sich vermehrt, kam zu den Ernährungsproblemen auch die Erziehung der Kinder. Die Neandertaler zum Beispiel, das sind Uralteinwohner von Düsseldorf, ritzten in ihren Höhlen zur Freude der Kinder lustige Tierbilder an die kahlen Felswände. So entstanden die ersten Bilderbücher. Doch das reichte den zotteligen Mädchen und Knaben nicht, sie wollten sich nicht nur künstlerisch bilden, sondern auch andere Gegenstände zum Zeitvertreib, also Spielzeug mit Äktschen. Denn solange es Menschen gibt, denken sie darüber nach, wie sie ihre Kinder ergötzen können. Die Spielzeugindustrie nahm ihren Anfang. Erst waren es für Kinder handlich zurechtgehauene Steinwerkzeuge, Speere und sonstige Sportgeräte, später entstanden die Kuscheltierchen, die Pferdegespanne, die Autos, die Eisenbahnen, Flugzeuge, Computerspiele, also immer das, was gerade modern ist. Viele Spielzeuge sind inzwischen ausgestorben, die Kuscheltierchen nicht. Die Spielzeughersteller haben fast alle kuschelweichen Tierchen nachgestaltet, auch Schlangen, Kröten und Spinnen.
Aber was nun? Die modernen Schöpfer, zu deutsch Designer, wußten schon nicht mehr, wie sie den mo-

dernen Kids eine Freude bereiten können. Was haben sie alles erfunden! Watschelnde Entchen, Lachbärchen, Tanzäffchen, ja sogar süße Knutschpüppchen, die auf Bauchdruck A–a sagen können, wenn sie mal müssen. Die Puppenmutti kann sie auf ein Töpfchen setzen, das sogar Weihnachtsliedchen singt: Stille Nacht, heilige Nacht, aber auch lustige Liedchen nach der Schneeflöckchenmelodie: Pullertröpfchen ins Töpfchen und ein Häuflein dazu, und die Engelschen wiegen dich alsbald zur Ruh."
Endlich hatte ein Spielzeugschöpfer eine neue Idee: "Heureka", schrie er auf griechisch. "Ich habs gefunden! Die Kids sollen mit Dinosauriern spielen. Die gab es bisher noch nicht." Die Spielzeugbosse klatschten sich begeistert auf die Schenkel, spendierten dem Erfinder eine Flasche Sekt und schrien: "Das ist das Neueste vom Neuen! Lasset die Dinosaurier zu den Kindlein kommen, aber schön gruselig müssen sie sein und so groß wie ein Kleiderschrank!"
Das Weihnachtsgeschäft mit den Dinosauriern war im Jahre 1993 nach Christi Geburt ein voller Erfolg. Wie staunten die kleinen Ärschlein mit den großen Kulleraugen, als das Christkindchen auf einem Dinosaurier angeschlittert kam und der Weihnachtsmann gar mit einem Herrscher unter den Dinosauriern, nämlich einem Tyrannossaurus, in die Weihnachtsstube stampfte. Zwar guckten die Kinder einige Schrecksekunden lang dumm aus ihren Leibchen und fragten: "Is'n das für ein Monster?" Aber die Eltern wußten Bescheid: "Das ist doch ein Dinosaurier? Weißt du das nicht? Dinosaurier kennt doch jeder." Besonders gebildete Eltern, die sich noch genauer an die Dinosaurier erinnerten, zeigten auch gleich, wie man mit ihnen umgeht. Sie nahmen den dicken Saurierschwanz zwischen die Beine, ritten auf

die Kinder zu und brüllten „Huhu!" und „Brabra!" und „Krätschkrätsch!", na eben wie Dinosaurier zu sprechen pflegen.
Die Dinosaurier überschwemmten das Land, die Fernsehreporter nannten sie eine „Weltneuheit", auch ein neuer Hit entstand, der mit dem Refrain endete: „Ich bin eine glückliche Sau, Sau, Sau, Sau, Sau, Saurierdame..." Eine Zeitung schrieb auf der ersten Seite in dicken Buchstaben: „Die Zeit geht im Saurierschritt." Sogar ein Mister Präsident aus einem fernen Reich besuchte nach den anstrengenden Reden und Konferenzen einen Kindergarten und sagte einen mühsam eingeübten Satz auf deutsch, der lautete: „Isch bin ain Djinousaurier!" Alle jubelten ihm zu, weil er sich zu den großen und kleinen Saurierfreunden des Gastlandes bekannte.
Doch der Rummel um die Dinosaurier dauerte auch nur ein Jahr, und wieder standen die Spielzeughersteller vor der Frage: „Was könnten wir für das nächste Weihnachtsfest erfinden?" Sie dachten hin und her und rechneten und rechneten und kamen auf nichts Neues. Da sprach der oberste Spielzeugboß: „Bleiben wir doch beim Alten, bei den Spielzeugwaffen. Die bringen immer was ein."
So kann man zusammenfassend sagen: Dinosaurier sterben aus, Mordwaffen nicht so schnell.

E wie Elefant

Das Elefantische und das Menschliche

Die Elefantenherde zog gemächlich durch die afrikanische Savanne. Plötzlich begann sie zu rennen, als würde sie von bewaffneten Banditen verfolgt, die es auf ihre Stoßzähne abgesehen haben. Das würde den Tod eines oder mehrerer Elefanten bedeuten. Zum Glück war es ein anderer Grund, der sie zum Spurt verleitete. Eine Wasserstelle.
Nach einigen Kilometern ließ sich die Herde in einer Mulde nieder, in der sich zur Mitte hin noch Wasser befand. Nachdem sich die Dickhäuter satt getrunken hatten, bespritzten sie mit Hilfe des Rüssels ihren massigen Körper, wälzten sich danach im Schlamm und bestreuten sich abschließend mit Sand. Eine seltsame hygienische Reihenfolge: erst waschen, dann schlammen, dann mit Sand pudern. Warum das? Mir hilft die Erklärung „andere Länder, andere Sitten" nicht. Werde zu Hause in meinen schlauen Büchern nachsehen müssen.
Etwas abseits von der Herde nahm der Größte des Stammes, ein Elefantenbulle, genußvoll ein Schlammbad. Ich ging aufrecht auf ihn mit über dem Kopf gekreuzten Händen zu, damit er merkte, ich bin keine Gefahr, und er braucht vor mir keine Angst zu haben. Zuerst begrüßte ich ihn auf englisch, doch der Elefant antwortete: „Kannst ruhig deutsch mit mir reden. Ich sah dir gleich an, woher du kommst."

Ich konnte meine Überraschung und Freude kaum verbergen, weil ich in ihm endlich einen Interviewpartner gefunden habe, wie ich ihn mir besser nicht vorstellten konnte. Hier ein Stenogramm unserer allseitig interessierenden Unterhaltung.

Ich: Gestatten Sie, daß ich mich erst einmal vorstelle. Mein Name ist Ottokar. Ich bin Schüler der achten Klasse am Fichte-Gymnasium in Potsdam bei Berlin. Erlauben Sie, daß ich mich erst einmal wundere, woher Sie so gut deutsch können? (Ich wählte absichtlich die etwas geschraubte Anrede, weil man deutsprechenden Elefanten nicht alle Tage begegnet).
Elefant: Mein Name ist Jumbo, verantwortlicher Herdenbulle. Zur Frage: Das kam so. Ich korrespondiere mit meinem Enkelchen Bimbo im Berliner Tierpark. Es schreibt mir alle halbe Jahre, da mußte ich, ob ich wollte oder nicht, deutsch lernen. Bimbo schickt mir auch Fotos, daher weiß ich, woran man die Deutschen erkennt. Sie kleiden sich gern exotisch, benehmen sich sehr laut und auffällig und haben immer – wie du – einen Fotoapparat oder eine Videokamera bei sich. Leider kann ich dir, junger Freund, kein Bier anbieten, das ist ja wohl das Nationalgetränk deutscher Männer.
Ich: Meins nicht – noch nicht. Und wie gehts Ihrem Enkel? Was schreibt er?
Jumbo: Ja, er hat jetzt seine geregelte Nahrung wieder, frißt täglich 15 Kilo hochkonzentriertes, eiweißhaltiges Kraftfutter, 30 Kilo Heu, 20 Kilo Rüben und sieben Kilo Brot. Aber da gab es wohl nach eurer Vereinigung ziemliche Querelen mit den neuen Herren des Tierparks.
Ich: Querelen gehören zu unserem Leben, Herr Jumbo. Aber reden wir nicht über politische Macht-

kämpfe, sondern über das rein Menschliche und Elefantische. Ich bin kein Diplomat. Vor Elefanten, sagt man, soll man sich in acht nehmen, sie sollen nicht sehr kooperativ sein. Ist da was dran?

Jumbo: Elefanten sind gutmütig, klug und lernfähig, was man von vielen Menschen in deiner Heimat nicht sagen kann. Ihr lernt zu wenig aus eurem Leben und eurer Geschichte. Arm und reich verträgt sich nicht, schreibt Bimbo. Warum? Die Antwort darauf müßt ihr schon selbst finden.

Ich: Sie sind gut informiert, aber bleiben wir doch lieber beim Menschlichen aus elefantischer Sicht. Die Elefanten sind derzeit das größte Landtier. Gibt es bei Ihnen keine Machtkämpfe unter den Rassen? Das Gesetz der Wildnis – der Stärkere siegt, der Schwache unterliegt? Ich meine das ganz unpolitisch.

Jumbo: Mein lieber Junge, das ist doch kein Vergleich. Das Gesetz der Wildnis, wie du es zu nennen beliebst, ist ein unbeschriebenes Gesetz der Natur. Aber es ist weniger grausam als die Gesetze, die von Menschen gemacht werden. Die Gattung der Elefanten – ich mag den Begriff Rasse nicht – bekämpft sich nicht untereinander. Wir ziehen durch die Savanne, immer auf der Suche nach Nahrung, was von Jahr zu Jahr schwerer wird, weil die Naturgesetze von den Menschen nicht beachtet werden. Ihr müßt lernen, unseren und euren Lebensraum zu erhalten. Wir töten uns nicht gegenseitig, unsere Futterplätze sind allen Tiergattungen zugänglich, wir grenzen keinen aus, gleichwohl, woher er kommt. Machtkämpfe? Nun ja, wenn ein fremder Bulle meine Herde ... Ihr nennt das Einmischung in innere Angelegenheiten. Stell gescheitere Fragen, mein Junge!

Ich: Aber gibt es kein Gerangel um Posten und Pfründe?

Jumbo: Das macht ihr. Die Gattung Mensch hat die Einteilung in höhere und niedere Wesen erfunden.
Ich: Sie beschämen mich. Aber ich kann doch nichts dafür. Ich muß ja noch lernen, bin Schüler. Bleiben wir doch bei einem leichteren Thema. Vielleicht haben Sie, Herr Jumbo, eine elefantistische Frage?
Jumbo: Na schön, und wie hältst du es mit der Philosophie?
Ich: Ach herrje! Seit ein hohes Tier unserer Regierung gesagt hat, Marx ist tot, Jesus lebt, weiß ich nicht mehr, was ich glauben soll.
Jumbo: Weniger glauben, mehr forschen! Zum Beispiel, wie kommen die Menschen auf die Redensart: Er (oder sie) benimmt sich wie ein Elefant im Porzellanladen. Ihr Menschen seid doch bekannt für solche Sprüche.
Ich: Das kann ich leicht erklären. Ein Elefant würde durch den Laden stampfen, mit seinem mächtigen Korpus, vor allem mit dem Hinterteil, die Regale umschmeißen, mit einem Schwung seines Rüssels die Tassen und Teller runterfegen, daß es nur so klirrt, und übrig bleibt ein einziger Scherbenhaufen. Elefanten sind eben nicht so geschmeidig wie Menschen.
Jumbo: Stimmt ausnahmsweise. Aber hast du schon einmal gehört oder gelesen oder gesehen, daß Elefanten Porzellanläden betreten?
Ich: Nein.
Jumbo: Siehst du, ihr denkt euch was aus, was gar nicht sein kann. Typisch für euch. Eure Arroganz ist unübertrefflich. Auf unsere Kosten eure Ungeschicklichkeiten und Rohheiten verbergen, das könnt ihr. Ich hätte ja noch Verständnis, wenn ihr euch in bestimmten Situationen unsere dicke Haut als Vorbild für den Seelenfrieden genommen hättet. Aber ihr

seid so unbeherrscht, geht gleich aufeinander los, wenn jemand einer anderen Meinung ist. Toleranz und gar Solidarität – alles nur Sprechblasen.
Ich: Dicke Haut? Daß ich daran nicht gedacht habe. Sie ahnen ja nicht, Herr Jumbo, wie Anschnauzer und Kränkungen einen manchmal fix und fertig machen. Ich danke Ihnen für den guten Rat, Herr Jumbo.

F wie Floh

Flöhe geistig gesehen

Flöhe sind wahre Internationalisten. Sie sind weltweit verbreitet und dürfen ohne Gefahr und Einschränkung Grenzen überschreiten. Das heißt aber nicht, Flöhe sind Sozialisten. Sind sie nicht. Vielleicht ist für sie die Bezeichnung Weltbürger besser. Sie sind unparteiisch, fühlen sich überall zu Hause, besonders in Mecklenburger Landgaststätten. Und nicht nur dort. Auch in Bayern auf der Alm, in sächsischen Erbhöfen und Schlössern, auf ostfriesischen Halligen, in Brandenburger Jugendherbergen, in Hamburger Patrizierhäusern, in Berliner Stehkneipen, in Thüringer Waldschenken, in Frankfurter Wolkenkratzern, in Oldenburger Speckkammern, in anhaltinischen Suppenküchen und bundesweit in Bungalows und Datschen, Golfhotels und Freudenhäusern, sogar im schwäbischen Musterländle. Dort leben die geizigsten Flohbesitzer. Vielleicht sind jetzt einige deutschstämmige Landsmannschaften beleidigt und rufen empört: Wir sollen Flöhe haben!? Bei unserem Wohlstand und Hygienebewußtsein!
Nicht aufregen! Erst nachdenken. Denn es handelt sich nicht nur um tierische, sondern auch um pseudonymische Flöhe, worunter das Geld zu verstehen ist. Es heißt doch: Der hat Geld wie Flöhe, oder: Der hat Flöhe, der kann sich's leisten, oder: Der hat Schulden wie der Hund Flöhe und ähnliche Sprüche. In besseren Kreisen hört man auch:

Geld und Flöhe stinken nicht, oder Geldschränke muß man knacken wie Flöhe.

Auch aus geisteswissenschaftlicher Sicht muß der Floh oft herhalten. Als zum Beispiel mein Taufpate Joseph Fischer mich über das Taufbecken hielt, soll ich bei seinem Anblick wie am Spieß gebrüllt haben. Dem Paten kam sofort die Erleuchtung, der wird entweder Unteroffizier oder Militärtrompeter. Und vor allen Zeugen verkündete er: „Der bekommt von mir einen Tschako mit Litzen und eine Trompete." Jedes darauffolgende Lebensjahr verkündete er dieses mir zugedachte Patengeschenk, bis es meiner Mutter zu bunt wurde und sie den metaphischen Satz sprach: „Setz doch dem Jungen keinen Floh ins Ohr! Der ist völlig unsoldatisch und unmusikalisch!" Als ich dann mit 14 Jahren statt zur Einsegnung lieber zur Jugendweihe ging, brach im frommen Onkel Joseph eine Welt zusammen. Der Floh hat seine Vorsehung nicht erhört, und Joseph Fischer trat aus Protest aus der Kirche aus.

Das nur als individuelles Beispiel. Wieviele Springinsohr drangen seit Jahrhunderten in die Gehörmuscheln der Menschheit ein! Mal ins rechte, mal ins linke Ohr, dann wieder ins rechte ... die Flöhe brachten kein Glück. Auch sprachwissenschaftliche Deutungen und poetische Auslegungen am Beispiel Flöhe hielten keinem Untersuchungsausschuß stand. Wie würden die Feministinnen heute kreischen, läsen sie bei Sebastian Franck (1541) folgenden Sinnspruch: „Weiber hüten, einer wannen vol flöh hüten", was auf neudeutsch heißt, lieber Flöhe hüten als Frauen. Es sollte mich nicht wundern, wenn moderne Bürgerrechtler das Unheil in der Welt auf die Flöhe schieben: „Die Flöhe sind an allem schuld! Faßt sie, wo ihr sie trefft." Da lob ich mir den Dichterfürsten Johann Wolfgang von Goethe, der in seinem größten Werk, nämlich dem „Faust", einem Floh die Ehre erwies, bedichtet zu werden. Dort heißt der Hit: „Es war einmal ein König, der hatt' einen großen Floh..." Der König ließ von seinem Schneider den Floh aufs Modernste einkleiden, um der Hofschikeria zu beweisen, daß er auch Geschmack hat, und er beförderte den Floh sogar zum Minister. Tierische Flöhe werden heute zwar nicht mehr zu Ministern gekürt, aber ein bißchen Wahrheit steckt in diesem Gedicht doch: Nur der verdient sich Ehr und Würden, der die besten Sprungbeine hat.

Damit wären wir beim eigentlichen Thema. Es gibt fast täglich im Fernsehen Quizsendungen, wo man einen Haufen Geld oder eine Weltreise oder ein Auto gewinnen kann. Manche dieser Spiele sind total doof, manche aber können nur von Experten gelöst werden. Die tun nichts anderes, als Filme anzuschauen oder die Geschichte vom Nepomuk, dem Pinkler, zu erforschen oder uralten bayrisch-österreichischen Brunftgesängen und Schnaderhüpflern nachzuwühlen.

Aber eine Sendung mit Olympiaexperten, also Berufssportlern und sponsorierten Athleten, hat man bisher versäumt. Man brauchte ihnen im Quizspiel nur eine einzige Frage zu stellen: Wer ist der weiteste Springer der Welt? Manche werden sich selbst nennen, manche werden die Weltmeisternamen von vorne bis hinten oder umgekehrt aufzählen. Aber wetten, daß keiner auf den F l o h kommt? Er springt hundertmal weiter als seine Körperlänge – ohne Doping! Das soll ihm erst mal einer nachmachen. Doch für die Sportler ist das wahrscheinlich kein Anreiz. Denn sie haben ja schon alles: Geld, Reisen und die stärksten Autos. Wozu dann noch die Anstrengung, auch denken zu müssen.

Nun könnte man das Thema beliebig fortsetzen, vom Flohmarkt über Flohstiche bis zum Flohzirkus. Aber auf den Flohmärkten werden keine Flöhe verkauft, nicht einmal Wasserflöhe; denn sie sind ein gefragter Exportartikel aus uckermärkischen und havelländischen Gewässern und fließen als solche in andere Kanäle. Flohstiche verschweige man lieber und zeige sie niemandem. Sie könnten den Verdacht aufkommen lassen: Wieder einer, der ohne seinen täglichen Schuß nicht leben kann. Weiter: Die unaufhaltsame Steuerschraube trieb wahrscheinlich die letzten Flohzirkusdirektoren in den Konkurs. Die Flohdompteure schulten um auf Steuerberater – ein Beruf mit Zukunft. Vielleicht kommt die Zeit, wo wir in Liebesbriefen einen lebendigen Floh verstecken. Ist der Floh nicht mehr im Briefumschlag des Empfängers, dann weiß man, daß die besorgten Eltern die Liebesschwüre schon gelesen haben.

Ich möchte das Kapitel Floh schließen mit einem chinesischen Schlußwort auf deutsch: „Einen flohen Gluß allen Flohfleunden, Flieden auf Elden, Leichtum und levolutionäle Wachsamkeit gegenübel allen Agglessolen. Lot Flont!"

G wie Gans

Dumme Gänse im Visier

In einem meiner früheren Aufsätze nannte ich die Mädchen in unserer Klasse dumme Gänse, weil sie kein richtiges Verständnis hatten für Fußball, Kraftsport und Raketentechnik. Sie schnatterten ewig, verliebten sich dauernd in einen anderen und schrieben heimlich Zettelchen mit Kußmund und Angabe von Treffpunkten. Und weil das Attribut dumm eben nur zu Gänsen paßt, erhielten sie diesen Ehrentitel.
Doch schon in der 6. Klasse mußte ich einsehen, daß man Gänse nicht so ohne weiteres über einen Kamm rupfen darf. Wissenschaftlich ausgedrückt: Man muß differenzieren. Unsere Musterschülerin, die brave Bärbel Patzig, war überaus fleißig und lernwütig, so daß ich das Attribut dumm bei ihr im stillen streichen mußte. Doch immer noch reckt sie auf Gänseart ihren langen Hals hoch auf und betont so ihre Individualität. Ich bezeichne sie in dieser pupertierenden Phase als s t o l z e Gans. Das ist sie bis heute noch, nachdem sie das Pech hatte, wieder mit mir zusammen in einer Klasse zu sitzen.
Die Sonja Zunder hingegen mutierte in ihrer frühen Reife zur o r d i n ä r e n Gans. Sie leistete im gewissen Sinne Pionierarbeit bei den Gänschen, deren Eltern dauernd fragten: Wie sag ich's meinem Kind? Sonja sprang entschlossen für die Unentschlossenen ein. Doch mit der Zeit erweiterte sie ihren volkstümlichen

lexikalen Wortschatz, der sogar den Schweine-Sigi vor Neid erblassen ließ. Neulich traf ich sie vor dem Schaufenster eines Pornoschuppens. Während ich mit dem rechten Auge einen Blick durch die Scheibe riskierte, fragte mich die Sonja geradeaus und frivol: „Na, Ottokar, bist du schon entjungfert oder..." Das Oder verschweige ich lieber, denn ich spürte, wie ich rot wurde und entfloh raschen Schritts dem lauernden Blick Sonjas. Ihr gellendes Lachen im Rücken bestätigte, in welche Verlegenheit sie mich gebracht hat.

Auch die anderen Klassengänse haben sich inzwischen gemausert oder besser gesagt gefiedert. Man sieht es am äußeren Design. Sie zeigen, was an ihnen dran ist. Einige modern gefällig, andere ziemlich auffällig und manche dezent versteckt, wo man nur ahnen kann, was sie haben. Die sind für mich am gefährlichsten. Sie regen meine Phantasie an, die seit einem halben Jahr erheblich gewachsen ist. Ich ordne sie unter die r a f i n i e r t e n Gänse ein. Die einzige dumme Gans ist die gefräßige dicke Mia geblieben. Sie macht sich sowieso nichts aus Sex. Nach meinen bisherigen Forschungen am Gymnasium verliert der Begriff „dumme Gans" seine Bedeutung. Gänse, so behaupten namhafte Biologen, seien sogar intelligent und klug. In Japan zum Beispiel fühlen sich Frauen als Gans tituliert sehr geehrt. Denn Japaner wissen Klugheit besser einzuschätzen als wir, sonst wäre das Land Nippon nicht die zweitgrößte Weltmacht in Sachen Know-how. Selbst die steifen Engländer bestätigen in einem Zertifikat der Oxford-Universität den besten Absolventen: „As wise as a goose" – so weise wie eine Gans. Das will bei den traditionsbewußten Empirefans schon etwas heißen.

In unserer Zeit, wo die Scheidungsquote etwa bei 40 Prozent liegt, der Ruf nach Schwangerschaftsunterbrechung immer lauter wird und in den noch verbliebenen Familien kaum Zeit ist, sich mit den Kindern zu beschäftigen, gewinnt das Studium der Gänsefamilien noch größere Bedeutung. Ich kann das aus meinen Erfahrungen bei meinen Großeltern nur bestätigen. Sie sind von Kopf bis Fuß auf Gänse eingestellt. Ich erinnere mich noch ganz genau an den Tag, als meine Großmutter mir ihre Gänsefamilie zeigte. Mutter Gans und Vater Ganter führten im disziplinierten Gänseschritt ihre acht Kleinen zum Teich, zupften unterwegs hier ein Kräutlein und dort ein Kräutlein und schnatterten und piepsten leise so vor sich hin. Das hätte der Papst sehen müssen! Nach etwa zwei Stunden kamen sie alle wieder erfrischt zurück zum Mittagsmahl. Es gab Körner für die Großen, Kartoffelhäppchen mit jungen Brennesseln für die Kleinen. Ein friedliches Bild. Doch als ich die glückliche Familie zum Fototermin mit mir bat, gab es einen Zwischenfall oder auch Eklat genannt. Die Gänseeltern kamen mit langgestrecktem Hals knirschend und fauchend auf mich zu, und schon hatte ich ein Wundmal an der linken Wade.
„Ja ja", sagte der Großvater, „Gänse sind auch wehrhaft". „Was man von dir nicht sagen kann", ergänzte Großmutter. Später bei Pellkartoffeln und Quark in der großen Küche erklärte mir Großmutter die spitze Bemerkung gegen Großvater: „Er ist doch nach acht Tagen bei einem Unteroffizierskursus gleich durchgefallen ... erzähl du, Großvater!"
„Na ja, das war so. Wir sollten uns im Kommandobrüllen üben. Der Vorgesetzte befahl mir, das Kommando zu übernehmen. Ich sagte zu meinen Leuten: Also, dann wollen wir mal antreten und im Gänse-

marsch den Hügel dort hinaufspazieren. Ich konnte nicht brüllen, da war es mit meiner militärischen Karriere aus."

Es gäbe noch manches über Gänse zu erzählen, zum Beispiel über den ökonomischen Nutzen. Die Gans als Festtagsbraten gehört zu den schönsten Magengefühlen. Mutter teilte sie nach allen Regeln der Kunst, Vater fragte im milden Weihnachtston, ob er vielleicht..., doch Mutter unterbrach ihn gleich und sagte: Ja, du kriegst die Keule. Meine Schwester gierte nach einem Flügel, Mutter und ich teilten uns den Rücken mit viel Haut und das Ärschlein, das schön fett und saftig ist. Das Gekröse bekam der Hund, die abgenagte Gurgel die Katze, die Federn sammelte Oma für das nächste Kissen, und Opa bekam als Geschenk auf einem Ordenskissen drapiert die abgeschnittenen Füße mit den Schwimmhäuten. Er liebt ja Orden so sehr!

Bleibt eigentlich nur noch zu erwähnen, daß die Gans auch in das deutsche Kulturgut einging. Was wissen die Menschen darüber? So gut wie nichts. Deshalb startete ich mit meinem Freund Harald eine Umfrage. Wir fanden im Berliner Telefonbuch 783mal den Namen Fuchs. Drei Wochen lang riefen wir alle Füchse an und sagten nur: „Guten Tag! Fuchs, du hast die Gans gestohlen, wie gehts weiter?" Das kulturelle Niveau der Berliner erwies sich als sehr dürftig. Dreiunddreißig Prozent der Angesprochenen legten den Hörer sofort wieder auf, sechsundzwanzig Prozent fragten dumm, was wollen Sie, wer sind Sie überhaupt? Zehn Prozent meinten, verscheißern können sie sich aleene, zweieinhalb Prozent beteuerten, sie sind keine Diebe, acht Psychiater nannten uns ihre Sprechstunden, ein Kriminalkommissar sagte, es läge keine Anzeige vor. Nur ein einziger gab ehrlich zu, in Mecklenburg eine Gans überfahren zu haben, und weil kein Mensch zu sehen war, nahm er sie mit. Ein trauriges Ergebnis. Die Statistik lügt nicht.

Doch wie es wirklich weitergeht, werden wir wohl erst erfahren, wenn unsere Väter die Telefonrechnung bekommen.

H wie Hund

Die Erziehung des Hundes ist genauso
schwer wie die Dressur des Menschen,
nur mit dem Unterschied, daß es viel mehr
dressierte Menschen gibt als
erzogene Hunde.

Der beste Freund des Menschen

Der AZUBI Gottfried Pfahschnack (oder auf altdeutsch Lehrling Pfahschnack) ist von unserem Hund umgeschmissen worden, als der Herr AZUBI gegen ihn die Schaufel erhob. Dabei wollte Alko, unser Prachthund, nichts weiter als ein bißchen an Gottfrieds Hosen schnuppern, wie es eben so Hundeart ist. Ich kann nicht sagen, ob ihn Gottfrieds Ausdünstung besonders gestört hat, die Schaufel bestimmt, dazu noch Gottfrieds Ausruf: „Eeeej, du Misttöle, hau ab!" Hunde sind allergisch gegen brüllende Zweibeiner. Als Gottfried auf seinem Allerwertesten saß, zog sich Alko fair zurück, angeschlagene Feinde weiter zu bedrängen, wäre unter seiner Würde.
Am nächsten Tag fuhr ein gelbes Telekom-Auto bei uns vor, dem ein bissiger Brillenmann entstieg. Er klingelte am Gartentürchen. Ich kam ihm mit meinem braven Alko auf halbem Weg entgegen. „Hee, sperr mal den Hund ein, ich muß mit deinen Eltern reden!" brüllte der Brillenmann.
„Meine Eltern sind nicht zu Hause", antwortete ich, „und mein Hund tut Ihnen nichts, wenn Sie ihm auch

nichts antun." Alko wedelte sogar mit der Rute, das ist ein Zeichen freundschaftlichen Entgegenkommens. Der Telekom-Mann deutete das Wedeln anders: „Gestern hat die olle Töle einen unserer Männer angefallen. Das hat ein Nachspiel!" schrie er aus vollem Hals. Alko stellte das Wedeln ein und seinen Schwanz steil in die Höhe.

„Den einen Ihrer Männer kenne ich, es war der rüde Gottfried. Als er noch zur Schule ging, quälte er Tiere. Schmetterlingen riß er die Flügel aus, Frösche blies er auf, bis sie platzten, und einer Katze band er an den Schwanz einen Silvesterknaller. Die ist bald irre geworden. Ein feiner Mann, Ihr AZUBI, auf den können Sie stolz sein."

„Ich werde dafür sorgen, daß das Mistvieh eingeschläfert wird", brüllte der Telekom-Scharfrichter. Ich dachte erst, er meint Gottfried, aber sein Nachruf, „hier traut sich ja kein Postzusteller ran", war eindeutig auf unseren Hund gerichtet.

„Du hast eine ganz schöne große Schnauze", rief mir der Meister noch zu, drehte sich um und stieg in sein Auto. Wenn er einen Schwanz gehabt hätte, dann hätte er ihn eingezogen.

Von wegen, kein Postbote traut sich ran. Alko begrüßt jeden Tag die freundliche Postfrau. Sie liebt den Hund, streichelt ihn, und zum Dank für die Zuneigung küßt Alko sie ins Ohr. Das tun sonst nur verliebte Menschen, weil Ohren zu den erregenden Zonen beim Liebesspiel gehören, sagt man.

Was lehrt uns diese kleine Geschichte? Sie lehrt: Schlechte Sitten beim Umgang mit Hunden verderben auch gute Sitten beim Umgang mit Menschen. Unser Hund ist eine Seele von Mensch. Brüllochsen und Schlägertypen sollte man die Sittenpolizei auf den Hals schicken.

Obwohl der Hund als der beste Freund des Menschen bezeichnet wird, kommt er im Schimpfwörterverzeichnis am häufigsten vor. Blöder Hund, fauler Hund, dämlicher Hund, olle Töle, verdammter Köter, Lumpenhund, Hundsfot sind nur einige. „Auf den Hund gekommen" sind angeblich Menschen, die eines Tages sowieso „vor die Hunde gehen". Sogar das „Hundewetter" wird den Hunden vorgeworfen, so wie man Unwetterkatastrophen, zum Beispiel Taifunen, nur Frauennamen gibt. Auch so eine Ungerechtigkeit. Als ich vor einigen Jahren einmal in der Schule ganz nebenbei sagte: „Guckt mal zum Fenster raus, ein dickes Mia-Wetter zieht auf", da war was los. Die dicke Mia, unsere faulste und gefräßigste Schülerin, verpetzte mich bei ihrem Lieblingslehrer, und der befahl mir gleich, einen Aufsatz über gutes Benehmen zu schreiben. Ich hatte genug Durchschriften zu diesem Thema. Doch warum diese Aufregung? Saublöd ist das.

Es hatte sich keiner aufgeregt, als man früher vom „Kaiserwetter" sprach, obwohl das arme Schwein gar nichts dafür konnte, wenn Menschen dabei einen Sonnenstich bekamen. Nicht einmal ein amerikanischer Präsident war wegen der Bezeichnung „Regenwetter" beleidigt, und ich kann mir denken, daß ein deutscher Staatshäuptling auch nichts dagegen einzuwenden hätte, wenn man ein aufziehendes Tief als „Saumagenwetter" voraussagt. Aber Hundewetter! Hunde müssen für alles Schlechte herhalten. Manche Sprüche, die den Hund betreffen, laß ich sogar gelten, zum Beispiel den: „Man soll keine schlafenden Hunde wecken." Da ist was dran. Den Spruch darf man ruhig auf Menschen beziehen. Wenn ich früher in einer langweiligen Unterrichtsstunde eingeschlafen bin, regten sich manche Lehrer furchtbar auf. Sie blafften mich an, schrieben Briefe an meine Erziehungsberechtigten, verpetzten diese Untat in Elternversammlungen, eine Lehrerin drohte sogar mit Schulexmittierung. Nur unser alter Klassenlehrer, der brummige Herr Burschelmann, hatte dafür Verständnis. Er sagte: „Wer schlafen kann, ist gesund, und Gesundheit ist das höchste Gut im Leben."

Die neuen Lehrer auf dem Gymnasium und auch in anderen Schulen regen sich über schlafende Schüler nicht auf. Sie bemerken es nicht mal, es ist ihnen Wurscht. Sie sagen, sie werden sich hüten, schlafende Schüler wie Hunde zu wecken. Wer schläft, fliegt früher oder später doch raus. Das ist die neue Erziehungskunst. Nachdem ich sie mitbekommen habe, schlafe ich mit offenen Augen. Das kann man lernen, und der wissenschaftliche Nachwuchs ist gesichert.

Wenn aber schlafende Hunde von wachsamen Hunden geweckt werden, dann kann das verdammt gefährlich werden. Dazu ein politisches Beispiel: Als Stalin starb, hatten alle Zeitungen und Zeitschriften in der damaligen DDR das Bildnis vom Generalissimus ganz groß auf der ersten Seite gebracht. Das ist man einem großen Verblichenen schon schuldig. Auch das Vereinsorgan der Hundezüchter brachte schwarz umrandet den Diktator voll auf der ersten Seite ohne weiteren Text. Der Anblick Stalins mit Pfeife – Politiker zeigen sich gern mit Pfeifen – sollte dem ehrenden Gedenken dienen. Nur eine Kleinigkeit haben die Zeitungskontrolleure übersehen. Oben prangte noch in fetten Buchstaben der Name der Zeitschrift, nämlich: DER HUND. Als mein Großvater damals zur Arbeit fuhr, sah er den Hund am Zeitungskiosk hängen. Er kaufte ihn gleich. Meine Oma wunderte

sich, wieso er sich plötzlich dafür interessierte. Wenn ich heute zu Opa sage, zeig mir doch noch einmal den Hund, dann antwortet er: „Wozu? Man soll schlafende Hunde nicht wecken!"
Heute kommen mir manchmal Zweifel, ob wirklich alle Hunde die besten Freunde des Menschen sind. Das hängt wohl auch von den Züchtern ab.

I wie Igel

Vorsicht, es stachelt!

Einen Igel kennt jeder, und wer noch keinen lebenden gesehen, gestreichelt oder mit ihm unter einer Bettdecke gekuschelt hat, weiß wenigstens aus dem Märchen, daß Igel jeden Wettlauf mit Hasen aufnehmen können. Aus Haaren, die sie in langer Vorzeit einmal hatten, sind Stacheln geworden. Sie unterstreichen die Persönlichkeit des Igels und die Fähigkeit, sich gegen Stärkere zu wehren. Deshalb erfand ein Friseur – es muß ein Preuße oder Amerikaner gewesen sein – den Igelschnitt zur Abschreckung. Ich selbst trug eine Zeitlang diese kriegerische Frisur, weil mir das Kämmen und Streicheln von irgendwelchen Erwachsenen zu viel wurde. Schweine-Sigi, einer meiner alten Freunde, rieb sich seinen Igelschnitt sogar mit Zuckerwasser ein und stylte die Borsten zu gefährlichen Spitzen auf. Keiner wollte seinen Rundschädel mehr streicheln. Er war immer von Fliegen und Wespen umkreist. Das hatte aber den Vorteil, daß die Lehrer manchmal den Unterricht unterbrechen mußten.

Die starre Abwehrhaltung des Igels hat sich auch in der Militärgeschichte herumgesprochen. Wer hätte gedacht, daß ausgerechnet die Schweizer Volksjodler im 15. Jahrhundert den militärischen Igel, den sie „Haufen" nannten, erfunden haben! Gemeint sind nicht gewöhnliche Haufen, sondern Kampfhaufen. Wenn die schwere Kavallerie der feindlichen Österreicher heranrückte, zogen sich die schweizerischen Kämpfer zu einem Kreis oder Viereck zusammen, streckten ihre Spieße und Hellebarden vor und ließen die Ritter einfach hineinlaufen. Das gab ein Gemetzel. Die deutschen Bauernkrieger haben ihnen das nachgemacht und sangen dazu das Lied: „Wir sind des Geyers schwarze Haufen." Das wiederholte sich auch in Amerika, als weiße Siedler mit Mann, Weib, Roß und Wagen durch die Prärie zogen, um die Indianer zu vertreiben. Wenn plötzlich am Horizont Rothäute mit ihren schnellen Mustangs auftauchten, brüllten die verwegenen Weißhäute: „Wir müssen jetzt mit unseren Wagen einen Igel bilden, verdammt noch mal!" Die ihn umkreisenden Indianer trafen meistens mit ihren Pfeilen nur die Holzplanken, Planen und Hüte der Eingeigelten, während die Manchesterbüchsen reihenweise die wilden Ureinwohner von den Pferden schossen. Ich habe genug Filme darüber gesehen und weiß, wovon ich rede: Die Weißen siegen immer über die Farbigen.

Wie schon angedeutet, wird vom Substantiv Igel das Verb „einigeln" abgeleitet. Was hat das nun wieder zu bedeuten? Folgendes: Wenn ein Mensch sozusagen die Schnauze voll hat und das ewige Geschimpfe und Gequatsche nicht mehr hören kann, dann zieht er sich auf eine einsame Insel zurück und denkt, ihr könnt mich alle mal ... und so. Nicht immer, aber immer öfter kommen hohe Politiker in schlechtes Gerede. Vielleicht weil sie um Spenden für sich bitten oder von reichen Amigos sich einladen lassen oder ihre Putzfrau nicht mehr aus eigener Tasche bezahlen können oder ihre Schwiegermütter mit einem Diplomatenpaß versorgen. Das ist ein Fressen für die Zeitungen und das Fernsehen. Das nervt. Was bleibt

den Gestörten weiter übrig, als sich zurückzuziehen und auf einer Insel sich einzuigeln?
Ich gebe freiwillig zu, daß auch ich manchmal so weit war. Aber dann kam immer so ein Kamel dahergetrampelt, zum Beispiel in Gestalt vom Lehrer Burschelmann, der mich fragte: „Sag mal, bist du noch zu retten?" Da gab ich die Absicht auf. Und ich erkannte: Mich rettet kein anderes Wesen, das muß ich schon selber tun. Damit will ich nichts gegen die Igel als solche sagen, im Gegenteil, sie sind sehr nützlich und verdienen unseren Schutz. Sie regen sogar zum Reimen und Dichten an.
Die brave Bärbel aus unserer Klasse schrieb in einer puperitären Anwandlung ein feinsinniges Igelgedicht folgenden Inhalts:

> Ach könnt ich doch ein Iglein sein
> und hätt ich Stacheln spitz und fein,
> ich tät mich an dich schmiegen
> im Sitzen und im Liegen.

Wahrscheinlich war dieser Wunschtraum für's Poesiealbum gedacht und nicht für jeden. Doch der Zufall wollte es, daß sie diesen Zettel beim Einpacken der Schultasche verlor und ich der glückliche Finder war. Ich heftete das Gedicht an die Korktafel im Flur, wo sonst nur Mitteilungen der Schulleitung angepinnt werden. Um so erstaunter waren die Insassen unserer Anstalt, als tags darauf zwei weitere Igelgedichte an der Pinnwand prangten. Das eine lautete:

> Des Igels List, das weiß ich schon,
> gewinnt fast jedes Rennen
> im kurzen Sprint und Marathon
> und kann dabei noch pennen.

Das andere war noch aktueller:
> Der Igel fürchtet nicht den Hund,
> auch nicht die Bundeswehr.
> Er macht sich einfach kugelrund.
> Nur Autos fürchtet er.

Allein das erklärt die Kritik der Lehrer, daß die Schüler von heute angeblich kein Interesse an Gedichten hätten, für falsch. Zu ihrer Überraschung lasen sie am nächsten Tag, mit welchem Ernst sich die lernende Jugend um die Aufarbeitung der Gegenwart bemüht, und zwar in folgendem Gedicht:
> Wenn die Igel Kinder kriegen,
> eins, zwei, drei, vier, fünf, sechs, sieben,
> spricht der Papst von seinem Thron
> zum Igelvater: Gut, mein Sohn!

Oder in dem avantgardistischen Auruf:
> Igelin
> der du bist auf erden
> stachelig triebhaft und sexbewußt
> erhebe dich endlich
> von deiner schmach
> ächte den paragraf
> zwohundertachtzehn!

Zu guterletzt fand sich auch noch ein Pegasusreiter, der Bärbels heimliches Flehen wie kein anderer verstand: Er schrieb:
> Ach könnt ich auch 'ne Jungfrau sein
> und hätt' ein kleines Igelein
> an meiner wärmsten Stelle,
> ich täts fein hüten, gelle!

Das Bärbelchen wußte gleich, wem sie diese poetische Aufmerksamkeit zu verdanken hat. Sie hauchte mir in der Frühstückspause eisig zu: „Du Schwein!" Also wenn schon Schwein, dann wenigstens Stachelschwein.

J wie Jaguar

Bei Jaguar fiel mir nichts weiter ein, als daß er schnittig, rassig, tierisch schnell ist und zwölf Zylinder im Schrank hat. Als Ersatz dafür wählte ich das Thema „Andere Zeiten, andere Anreden". Tierische Begriffe sind nur zwischen den Zeilen denkbar.

Andere Zeiten, andere Anreden

So höfliche Briefe wie heute bekam man zu DDR-Zeiten nicht. Heute ist jeder, der sich als männliches Geschlecht ausweisen kann, ein „sehr geehrter Herr". Wer sich etwas dabei denkt, dem geht es wie Öl runter, wer nicht, der nimmt es eben so hin. Andere Zeiten, andere Anreden. Im „sehr geehrten" kommt doch allerhöchste Achtung, sogar Bewunderung zum Ausdruck, auch wenn es sich um eine Entlassung, Steuerermahnung, Strafandrohung, Exmittierung oder eine andere schlechte Mitteilung handelt. Man ist eben doch sehr geehrt, das mildert den Schmerz und die Wut.
Früher war man nur ein „werter Herr oder Kollege…" Auch so eine Verschönerung. Ob er was wert war und wenn, wieviel, das herauszufinden, hat keiner sich darum bemüht. Aber immerhin, der Herr war etwas wert. „Sehr wertvoller Herr" hat niemand geschrieben. Wie sollte er auch. Wer besaß schon Ölquellen, Immobilien oder eine Bank? Mein Sparkonto wäre es auch nicht wert, mich so anzusprechen.
„Lieber Herr", das schrieb man öfter. Aber das konnte auch zweideutig sein und auf ein eindeutiges

Liebesverhältnis hinweisen. Außerdem, woher will man wissen, daß der so Angesprochene auch lieb ist? Es kann auch ein Ekel wie Motzki oder ein Heiratsschwindler sein. Wenn mich völlig Unbekannte so anreden, kann ich in Versuchung kommen, das Gleiche zu tun, und die Lüge ist perfekt.

Ich war schon mißtrauisch, als ich einmal zu Pionierzeiten folgenden Zettel zugeschoben bekam: „Lieber Pionier Ottokar, warum warst Du nicht auf unserer letzten Pionierversammlung? Wir erwarten Deine Stellungnahme!" Wenn ich gewußt hätte, daß es die l e t z t e Versammlung sein sollte, wäre ich natürlich gekommen. Aber die Aufforderung, gleich in Stellung zu gehen, mit Anschlag, Zielerfassung und gestrichener Kimme nebst Korn, das wäre was geworden!

„Teure Genossen!", das hörte sich schon besser an. Mein Vater gehörte nicht zu dieser Gehaltsklasse. So teuer war er nicht. Aber die Entwicklungshelfer aus der Treuhand sind teurer.

Viel teurer! Doch rede sie mal mit „teurer Herr" an, die kriegen das glatt in den falschen Hals.

Es ist schwer, hier ein richtiges Maß zu finden. Wenn einer von mir etwas will, dann bin ich ein Lieber. Darauf könnte ich sogar reinfallen. Wenn einer von mir etwas erwartet, bin ich ein Werter, das weckt mein Mißtrauen. Wenn einer mich sehr verehrt, Vorsicht! Falle! Wenn einer mich als „teurer Genosse" einstufen würde, dann wäre ich in der falschen Partei.

Ja, wie soll man sich denn anreden? In meinem Alter und bei sich duzenden Erwachsenen ist das kein Problem. Wenn ich zum Beispiel den Schweine-Sigi mit „na, du alter Knallkopf" anspreche, fühlt er sich sogar geehrt. Man kann bei Freunden, die man kennt, auch „lieber" davorsetzen, aber dann muß man auch begründen, warum, damit es nicht als Lüge aufgefaßt wird. Bei Freunden aus der ehemaligen Sowjetunion kostete das keine Kopfschmerzen. Das war überhaupt die beste Lösung. Man schrieb: „Guten Tag, Aljoscha!", fertig. Heute müßte man schreiben: „Gute Nacht, Zar Jelzin!" Der würde sich auch nichts dabei denken.

Bei Geschäftsleuten kann man auf den persönlichen Namen verzichten, da schreibt man einfach die Firma hin. Bei Kommunalpolitikern nur die Postenbezeichnung, zum Beispiel: „Herr stellvertretender Ordnungsamtsreferendar" oder so. Bei höheren Beamten: Eure Exelenz oder Prominenz, Eminenz, Magnifizenz, Militarenz, Korpulenz, Pestilenz und so. Bei allerhöchsten staatstragenden Persönlichkeiten einfach „Sir" plus Name, oder auch ohne Name, das ist die verschärfte Form. „Seine Majestät" ist zwar ein bißchen veraltet, aber manche Bürgermeister, Amtsvorsteher, Bürochefs, Vorgesetzte und sonstige Herrlichkeiten fühlten sich mit dieser Anrede auch sehr geehrt. Handwerker nicht mehr, die kennen nur noch Könige, und das sind wir.

Soll nur ein Vorschlag sein, aber bitte, immer höflich anreden, auch wenn dir eine ganz andere Anrede auf der Zunge liegt. Unter Gewissenszwang schneide sie dir lieber ab, und du hast keinen Ärger.

Über die Anreden der weiblichen Geschlechter ein anderes Mal, die muß ich noch untersuchen.

K wie Katze

Arme und hochwohlgeborene Katzen

Keiner sage etwas gegen Katzen. Sie sind häuslich, anhänglich, eine Zierde für jedes Sofa und besonders auf körperliche Sauberkeit bedacht. Kein Mensch leckt sich so oft wie eine Katze. Mein Freund Schweine-Sigi und ich befassen uns seit Jahren mit der Erforschung der sozialen Lage der Katzen und kamen dabei zu der Erkenntnis: Katzen sind erträglicher als Menschen.
Unsere erste Untersuchung begann bei Frau Selma Muschnik, genannt Muschimama. Sie bietet in ihrem Häuschen 23 Katzen ein gemütliches Heim. Von außen sieht man ihm noch nicht an, was innen vor sich geht. Doch schon beim Öffnen der Haustür schlug uns eine unbeschreibliche Duftnote entgegen, eine Mischung aus Urinessenz, gedämpften Windeln und NH_3, das heißt Ammoniak. Wir hatten vorsichtshalber eine mit dem russischen Parfüm „Weiße Nächte" getränkte Mullbinde vors Gesicht gehalten, die aber die katzenwarme Ausdünstung nicht filtern konnte.
„Es stinkt ganz schön!" meinte Schweine-Sigi. Sein Riechkolben hat sich an den lauen Mief von Schweinemist gewöhnt. Doch die Stunde unseres Besuchs war glücklich gewählt. Die Muschimama hatte fast alle ihre Lieblinge im Wohnzimmer zur täglichen Mittagsruhe versammelt. Etwas unwirsch blickte sie schon auf uns Eindringlinge, aber als sie unser Gastgeschenk sah, eine schwarzweißrotgraugelbge-

scheckte Katze, die wir wegen Landstreicherei gefangen hatten, ließ die Muschimama Milde walten, und sie rief: „Kommt, kommt, kommt Kinderchen, wir haben lieben Besuch!"
Aus allen Ecken kamen sie gehuscht, gelaufen, geschritten, gefegt, gesprungen, gewetzt.
„Wo ist denn das Clärchen und der Mischa?" fragte die Mama. Clärchen schälte sich verschlafen aus einem Kissenberg vom Sofa, und der schwarze Mischa, ein feuriger Typ, sprang hurtig aus einem mit Wollresten gefüllten Quellekarton. Nach und nach trudelten alle 23 Katzen ein. Zwei pflegten ihre Mittagspause in Muschimamas Bett zu verbringen, die rote Lucie im Brotkörbchen auf dem Küchenschrank, Helmut, ein altehrwürdiger Kater, kam als letzter mit finsterem Blick. „Der macht um diese Zeit immer sein Geschäftchen im Wintergarten", erklärte Muschimama. „Er liebt ja Blumen so sehr, deshalb hab ich ihm dort ein Extraörtchen eingerichtet."
Man kann sagen, was man will, aufmerksam waren sie alle. Sie nahmen unsere Landstreicherin mit Schnurren, leichten Püffen und Beschnuppern auf, nur eine, die haselnußbraune Kora, sträubte ein bißchen das Fell. „Die Kora ist immer eifersüchtig, wenn sie eine andere Schönheit sieht", sagte Frau Selma. „Setzt euch, Jungs, ich spendiere ein paar Plätzchen, selbstgebackene!"
Sie dufteten genau so anheimelnd wie das ganze Zimmer. Einige waren angeknabbert. Vielleicht von Mäusen? Nein, bestimmt nicht, die würden sich in dieser Katzengesellschaft kaum wohlfühlen.
„Nun langt doch zu, Jungchens!" forderte Muschimama uns auf. Während ich noch zwischen Höflichkeit und Schluckbeschwerden schwankte, fand Schweine-Sigi eine glaubwürdige Ausrede:

„Danke", sagte er, was selten aus seinem Mund zu hören ist, „aber wir haben leider keine Zeit und müssen nach Hause. Da kommt gleich ein schöner Film im Fernsehen: Kater Nico, der Husar." Muschimama meinte, den hätte sie auch gern gesehen, aber ihr Apparat sei kaputt und ausgeschlachtet. Dort bringt jetzt die Stasi ihre Jungen zur Welt.
„Die Stasi?"
„Ja, Jungchen, die Anastasia, die graugestreifte. Katzen mögen keine langen Namen, deshalb nenn ich sie Stasi."
Reich beschenkt verließen wir die freundliche Wirtin. Sie hatte uns noch eine Tüte voll Plätzchen eingepackt und einige zerlesene Hefte vom Playboy. Wir gingen natürlich nicht nach Hause, sondern luden uns zum 5-Uhr-Tee bei der dicken Mia ein. Die Plätzchen und der Playboy waren unsere bescheidenen Mitbringsel. Die dicke Mia bedankte sich für die Aufmerksamkeit, sagte „hm, schmecken nicht schlecht, die Kekse" und steckte ihre Nase gleich in die Playboys. Als sie feststellte, daß irgend etwas an ihnen so komisch riecht, verduftetet wir schnell. Draußen im Garten steckten wir den Finger in den Hals und entleerten unseren Magen.
Aber es sollte nicht bei diesem einzigen Besuch bleiben. Es gibt nämlich wie bei den Menschen auch im Katzenvolk gewaltige Unterschiede, schon von Geburt her. Verwaiste Katzen, Mischlinge, Domestiken – die zieht es gewöhnlich zu den armen Menschen. Hochwohlgeborene Katzen von besonderer Rasse, die ihren Reinheitsgehalt an Urkunden nachweisen können, findet man bei wohlhabenden Leuten. Die armen Wuschelchen bilden die Mehrheit, die privilegierten – es handelt sich zumeist um Insider – die absolute Minderheit. Das ist das soziale Katzeneinmaleins.

Ich erinnere mich an einen Besuch bei der Gattin eines schwerreichen Immobilienhändlers. Schweine-Sigi wollte anfangs nicht mitkommen zur Frau Schmitt-Küchelfett. Er habe keine Fliege, nicht einmal einen Schlips, und überhaupt kann er stinkvornehme Leute nicht ausstehen. „Binde dir doch ein schwarzes Schnürsenkel um den Hals, mit Schleife! Dann siehst du aus wie ein Chorknabe."
Er ließ sich überreden, obwohl das Schnürsenkelschleifchen nicht ganz zu seinem proletarischen Design paßte.
Zu unserem Erstaunen war die Frau Schmitt-Küchelfett nicht abweisend, als sie hörte, wir betreiben Katzenstudien, und sie habe doch so eine extravagante. Ob wir sie einmal sehen dürften? Nachdem wir gebeten wurden, am Eingang die Schuhe auszuziehen, wobei sich Schweine-Sigi abermals sträubte, weil er mächtige Löcher in seinen roten Socken hatte, betraten wir das helle, ganz in Weiß gehalte Vestibül. Wir durften in einer Sitzecke platznehmen. Der Duft der großen, weiten Welt und von Schweine-Sigis Füßen umhüllte uns. Exotische Pflanzen wucherten in allen Ecken, und die Dame des Hauses in einem japanischen oder chinesischen Schlamperkleid stieg eine Wendeltreppe hinauf. Ihr Duft war auch wie ganz Paris aus einer Flasche, der Sigi zu der Bemerkung hinriß: „Das hält der Kopp nicht aus."
Die Herrin kam zurück, im Arm ein nicht gleich erkennbares silbergraues Wuscheltier, nur aus dem blauen Seidenschleifchen im Nacken konnte man annehmen, daß es sich um eine hochwohlgeborene Katze aus gutem Hause handelte.
„Das ist Ronald", sagte die Dame schlicht und ergreifend, „mein Hausfreund." Sigi und ich dachten wohl beide dasselbe: Wenn es nur der einzige wäre!

Frau Schmitt-Küchelfett demonstrierte an ihrem Kater, der uns aus roten Augen mißtrauisch fixierte, wahre Mutterliebe. Sie küßte ihn mehrmals, griff mit ihren ringgeschmückten Fingern in sein seidiges Fell, als wenn sie darin etwas sucht, und gab ihm andauernd Kosenamen, angefangen von „ach du mein Allerbester" bis zu „süßer Zuckerboy".

„Bei der möcht ich nicht Gatte sein", flüsterte mir Sigi zu. „Was meinst du?" fragte die Schmitt-Küchelfett. „Er meinte, von ihrem Kater möchte er seine Katze auch gern begatten lassen."

Die hohe Gattin warf Schweine-Sigi ein strahlendes Kuckidentlächeln zu und wehrte gleich ab: „Nein, dafür wäre Ronald doch zu schade, sich mit jeder gewöhnlichen Katze einzulassen. Ich hab ihn vorsorglich sterilisieren lassen." „Also Bällchen ab", übersetzte Sigi.

Armer Gatte, dachten wir. Deshalb kutschiert er lieber in der Welt herum, statt bei seiner Gattin zu bleiben.

Aber der Höhepunkt kam noch. „Es ist an der Zeit, daß Ronald seinen Lunch einnimmt", kündigte die Schmitten aus Küchelfett an und setzte seine Hoheit sanft in den Polstersessel. Während Mamaaa in einem Nebengelaß verschwand, machte Prinz Ronald Toilette und fuhr sich mit beleckter Pfote übers Maul und die Rotznase.

„Was heißt denn lantsch?" fragte Sigi.

„Das ist englisch und heißt soviel wie ein Fressen", erklärte ich dem einseitig gebildeten Sigi.

„Whouw", bellte der Sigi auf amerikanisch, daß Ronald zusammenzuckte. „Die Alte fängt ihm wohl eine Maus."

Was dann geschah, übertraf alle unsere Vorstellungen. Auf einem goldenen Schüsselchen servierte

Madam Butterflay ihrem Geliebten ein fleischigwabbelndes Viereck, darauf als Zierde ein Büschelchen Suppengrün. Sie zündete ein Kerze an, stellte die Delikatesse daneben und schob eine CD in den Plattenspieler. „Ronald liebt doch so die Barkarole opus 60 von Chopin", sagte die olle Schmitten, und Ronald schlabberte, daß der Saft nur so spritzte.

Schweine-Sigi lief der Speichel im Mund zusammen, und ich dachte an die vielen hungernden Kinder auf der Welt. Wir bedankten uns trotzdem für die Lehrvorführung und versprachen, für unsere Schülerzeitung eine Reportage darüber zu schreiben, was hiermit geschah.

Als wir die Villa verließen, sahen wir zufällig, wie aus einem fahrenden Auto eine Katze geschmissen wurde. „Du Miststück, du Dreckskerl, du Halunke, du Bandit, du ungewaschenes A...", schrien wir hinterher und hoben die völlig veränstige Katze auf. Wir brachten sie zu der freundlichen Muschimama.

L wie Laus

Haben Sie Läuse?

Es ist doch komisch, daß über Läuse keiner gern spricht, nicht die Eltern, nicht die Lehrer, kein einziger Abgeordneter, nicht einmal der Bundeskanzler. Vielleicht Friseure? Mit ihnen kann man sich fabelhaft unterhalten. Über alles. Sie sind die einzigen gutunterrichteten Kreise. Das kommt daher, weil sie als Kopfarbeiter mit den unterschiedlichsten Menschen zu tun haben. Sie sind auf allen Gebieten bewandert, auch in den hohen Wissenschaften wie Psychologie, Soziologie, Gynäkologie, Pornographie, Demokratie, Kinematographie, Philosophie, Ökonomie, Dramaturgie, Parfümerie, Chemie, Metaphysik, Ästhetik, Juristik, Logistik und in vielen anderen Wissenschaften. Im Unterschied zu den Gelehrten können sie alles viel einfacher erklären, beschreiben und beurteilen. Ich bin selbst Kunde und weiß, wovon ich spreche.
Meine langjährige Frisöse ist eine junge, vollblutige, knusperige, rothaarige Frau, dem Schönen und Guten zugetan, also auch mir. Eine hervorragende Gesprächspartnerin ist sie, von der ich schon manches gelernt habe. Doch eines Tages brachte ich sie in Verlegenheit, als ich fragte: „Haben Sie auch verlauste Kunden?" Sie errötete wie ihre jugendliche Schüttelfrisur und rang sich nur den einen Satz ab: „Darüber möchte ich lieber nicht reden." Ich glaubte zu verstehen. Sie ist in diesem Falle wie die Ärzte und Pfarrer an die Schweigepflicht gebunden.

Nun sind Friseursalons nicht die einzige Institution der Volksaufklärung. Weit wirksamer ist das Fernsehen. Seine Anziehungskraft ist laut Statistik unübertroffen. Die jüngste demoskopische Umfrage bestätigte zum Beispiel, daß ein Durchschnittsschüler täglich mehr Stunden vor der Glotze verbringt als im Unterricht. Und vom Programm her gesehen steht das Fernsehen als Leichenschauhaus der Nation an erster Stelle. Ihm folgen Tennis- und Fußballspiele, Volksmusikfehden mit kultischen Gesängen, danach Gewinnspiele.
Aber bisher gab es noch keine ansprechende Sendung über Läuse. Nicht einmal in Werbesendungen, dabei bieten sie sich hier geradezu an. Noch nie wurde von den hochgestylten Werbedamen und -herren die Frage gestellt: „Haben Sie Läuse?" Welch eine Möglichkeit für Stars und Kleindarsteller! Sie könnten den Zuschauern etwas vorjucken, sich die Haare raufen und dann in Großaufnahme über den ganzen Bildschirm eines der flügellosen Tierchen zeigen. Dazu der Text: „Gegen Läusebefall hilft nur LÄUFREI, ein Produkt aus Chrysantemenblütenextrakt, dezent parfümiert mit dem frischen Duft karbolisierter Krankenhausluft." Und mit ansteigender nervenzerreißender Stimme kurz wiederholt: „LÄUFREI!" Nicht vergessen den Nachsatz: Bei unangenehmen Nachwirkungen fragen Sie Ihren Arzt oder Apotheker. Aber wahrscheinlich steht auch dieses Thema unter Schweigepflicht.
Aber auch die einschlägige Fachliteratur und Belletristik drückt sich um diesen Gegenstand herum, von einigen spärlichen Hinweisen in Nachschlagewerken des Allgemeinwissens abgesehen. Hier erfährt man nur, daß die Laus ein Ungeziefer, Parasit und Krankheitsüberträger ist. Von der erzählenden, schönen Literatur ganz zu schweigen.

Ich erinnere mich der aufregenden, spannenden Erlebnisse meines Großvaters mit Läusen. Er hatte sogar schon eine Überschrift ausgedacht, nämlich: „Mein Kampf", und als Untertitel: „Den 2. Weltkrieg haben die Läuse gewonnen." Sagenhaft, wie die Krieger damals unter Läusen gelitten, gekämpft und selten gegen sie gesiegt haben. Das waren keine strategischen Siege, nur örtliche Teilerfolge. Es muß furchtbar gewesen sein. Erschütternd seine Beschreibung der schlaflosen Tage und Nächte, des geschundenen, blutenden und eiternden Körpers und der Schikanen der Aufseher und Wärter in den Entlausungsanstalten. Sogar die Schamteile, das Gemächt, wurde bespitzelt. Großvater schloß seine Erlebnisse immer mit dem Satz: „Und die Nissen waren fruchtbar noch."

„Schreib das auf!" sagte ich zu Großvater. Doch er antwortete meistens müde: „Kein Verlag würde das drucken." Also auch hier Schweigepflicht.

Ich selbst machte meine erste Bekanntschaft mit Läusen in der 5. Klasse. Die dicke Mia, die vor mir saß, hatte einen schönen dicken Zopf. Ich benutzte ihn immer als Glockenstrang, wenn sie in der Stunde zu schnarchen begann. Eines Tages fiel mir auf, daß der Zopf schwerer und schwerer wurde, bis ich beim genauen Hinschauen entdeckte: Da wimmelt doch was? Es mußten nach der Beschreibung meines Großvaters Läuse sein. Dicke, spulwurmfarbige, kerbtierartige Läuse. Nun konnte ich mir auch das Jucken auf meinem Schädel erklären und das Kratzen mehrerer Mitschüler. „Die Mia hat Läuse!" rief ich unbedacht in die Klasse.

Unser Klassenlehrer, Burschelmann hieß er, unterbrach mißmutig den Unterricht, setzte die Lesebrille auf und sagte, nach einem kurzen Blick auf Mias

Zopf, trocken und gelassen: „Sie hat nicht Läuse, die Läuse haben sie."
Es war die einzige positive Äußerung über Läuse, denn wir bekamen sofort schulfrei. Meine Mutter war entsetzt und verordnete Schweigepflicht. „Wenn das die Leute erfahren, man muß sich ja schämen."
Großvater schämte sich nicht. Er besorgte unaufgefordert Kuprex oder so was ähnliches, und nach einigen Packungen, Waschungen, Kämmungen schnitt er zusätzlich mein Haupthaar bis auf zehn Millimeter runter. Von Läusen keine Spur mehr.
„Ich habe dich lange nicht mehr gesehen", sagte Wochen später meine Frisöse. „Warst du krank?"
„Nein", antwortete ich, „ich hatte nur Läuse!" Die flammende Schöne schloß mit ihrer weichen Hand meinen Mund und flüsterte mir ins Ohr: „Pst, nicht so laut. Es sind Kunden hier, die hauen sonst ab!"
Nun weiß ich endlich, warum man über Läuse nicht sprechen soll. Der Kunde ist König, und Könige dürfen keine Läuse haben.

M wie Mastschwein

Wir sündigen eben anders

Unsere Heimat waren nicht nur die Städte und Dörfer, die Vögel in der Luft und die Fische im Wasser, auch die Kindergärten, Schulen, Fabriken, LPG (Landwirtschaftliche Produktionsgenossenschaften), Müllhalden, Ferienlager und anderes mehr in der einzigen und größten DDR auf der Welt. Wir hatten auch die größte Umweltverschmutzung und Mastschweinproduktion. Das hatte ein stetiges Ansteigen von Mastmenschen zur Folge. In den Statistiken war das nicht verzeichnet, aber das konnte man auch so sehen.
Wenn zum Beispiel Westverwandte zu Besuch kamen, dann staunten sie zu allererst über unseren reichgedeckten Tisch. Nein, das hätten sie nicht gedacht! Und fortan schickten sie keine Päckchen mehr mit Kartoffelschnitzel, Wurst- und Fischkonserven, Reis, Pudding und Senftuben, sondern vielleicht nur mit Kaffee, Kaugummi und anderen Süßigkeiten, die von Weihnachten und Ostern übriggeblieben waren.
Ich erinnere mich an den Tag, als Tante Gundula zum ersten Mal bei uns auftauchte, und als sie den Abendbrottisch sah, sagte sie, das ist doch nicht nötig, daß wir uns ihretwegen so in Unkosten stürzen, und es wird ihr gar nicht schmecken, wenn sie daran denken muß, wie wir hinterher darben. Außerdem hat sie sich ein paar Stullen mitgebracht, die muß sie

erst essen, sonst werden sie schlecht. Sie wären auch schlecht geworden, wenn unser Hund sie nicht heimlich aus ihrer Reisetasche geklaut hätte. So mußte sie notgedrungen zulangen, und es war erstaunlich viel, was in ihren dünnen Bauch hineinging. Als sie ein Bäuerchen unterdrückt und ihre Verdauungspille eingenommen hatte, stellte sie fest: „Ihr eßt zu viel, da könnt ihr ja zu nichts kommen!"

Hätten wir damals bloß auf sie gehört! Nach 12 Jahren Wartezeit kamen wir tatsächlich erst zu unserem Trabi. Es war für Tante Gundula schon ein Wunder, daß wir Möbel hatten. „Na ja", sagte ich, „die sind auch nur geborgt. Sonst hauen wir Nägel in die Wand, wo wir unsere Sachen aufhängen. Und nachts schliefen wir bis wenige Tage vor ihrem Besuch noch in Hängematten. Stricke gibts bei uns genug." Mir wurde nach dieser Erklärung von den Eltern verboten, den Mund aufzumachen.

Aber irgendwie hatte die Tante schon recht: Wir haben zu viel gefressen und andere Wünsche unterdrückt. Ich wünschte mir immer ein Reitpferd, Mutter eine Modebudique, dann brauchte sie keine Holzschlorren mehr bei der Gartenarbeit anzuziehen. Vater träumte von einer Nachtbar mit indonesischen Mädchen, Großvater von einer Spielbank und Großmutter von einem Fitneßcenter, dann würde sie ihre Kreuzschmerzen endlich los werden. Meine kleine Schwester war die bescheidenste von allen. Sie wäre schon mit einer Tennis- und Golfausrüstung und täglich tausend Mark Taschengeld zufrieden gewesen. Aber weil wir zu viel gegessen haben, waren das eben nur Luftschlösser.

Unser ganzes Leben war auf Fressen eingestellt. Schweine-Sigis Vater zum Beispiel hat jede Menge dicke, fette Mastschweine gezüchtet, die sogar expor-

tiert wurden. Und billig waren die! Doch eines Tages wurde ihm befohlen: Der Speck muß runter. Man kann ja den westdeutschen Abnehmern nicht zumuten, daß sie genau so dick werden wie wir. Da war die Not groß.
Entspeckungswissenschaftler schrieben, wie ungesund das ist, so entstand die Losung: „Vegetarier aller Länder vereinigt euch!" Aber die übergroße Mehrzahl der gemästeten DDR-Bürger fiel nicht darauf rein. Sie fraßen und fraßen und brachten damit die Bekleidungsindustrie in Schwierigkeiten. Die Sanatorien schossen wie Pilze aus dem Boden, in den Zügen wurden Sonderabteile für Gemästete eingerichtet, Türen der öffentlichen Gebäude und Einrichtungen mußten verbreitert werden, Chefs von Betrieben und Ämtern bevorzugten nur Sekretärinnen von 160 Pfund Lebendgewicht an aufwärts, die dicksten jungen Männer wurden Funktionäre der Jugendorganisation, Offiziere, die keinen Majorsbauch hatten, wurden gar nicht erst Major, und als der oberste Landesvater sprach: Laßt dicke Männer um mich sein, denn sie sind gemütlich, denkfaul und träge, da wurde endlich klar: Eine Wende muß geschehen.
Und sie geschah. Die Hersteller von Schlankheitsmitteln wußten als erste vom Leid der Damen und Herren in den neuen Bundesländern und hatten im Gegensatz zur Treuhandaufbaugesellschaft eine Abbaukampagne angesagt: „In vier Wochen 10 Kilo leichter!" kündigten sie in den Zeitungen an. Andere übertrafen sie: „In 10 Tagen 10 Pfund abgespeckt", behaupteten sie. Und weil unsere verfressenen Bürger schon immer mißtrauisch gegen falsche Propheten waren, holten die guten Geschäftsleute den großen Hammer hervor: Sie können ganz normal essen und trotzdem abnehmen, wenn sie unser von allen

Weltärzten empfohlenes Präparat bestellen. Der Osten hatte endlich einen Aufschwung.
Meine Oma schwang sich auch auf und bestellte eine Packung, wonach sie in 14 Tagen garantiert wie eine gertenschlanke sportliche Lebedame aussehen würde. Das mußte man glauben. Denn auf dem Prospekt waren Damen und Herren abgebildet, die zuerst dick wie eine Dampfwalze und nach der Kur dünn wie eine Bohnenstange waren. Nach der 5. Kur war von Oma nichts mehr zu sehen. Sie verzog sich in ihr Zimmerchen und schämte sich, weil sie darauf reingefallen war.
Am meisten hat meinen Vater ein fetter Herr im Fernsehen überzeugt, der meinte, FDH, also friß die Hälfte, hilft nicht, sondern nur FDD – friß das Doppelte. Und er fraß schmatzend und mit verzücktem Augenrollen irgendwas Obstiges. Vater ging auch zu FDD über. Ich will ja über meinen alten Herrn nichts Schlechtes sagen, er hat in vier Wochen tatsächlich ein Kilo geschmissen, was jedoch nicht zu höherer Leistungsfähigkeit führte, wie meine Mutter feststellte. In diesem Punkt muß ich ihr recht geben. Vater soll sich nicht dauernd wegen der vielen Arbeit entschuldigen, er muß auch öfter für die Mutter da sein, wenn die Arbeit schon kein Vergnügen ist.
Fast beneide ich die dicke Mia, mit der ich einmal in einer Klasse gesessen habe. Sie frißt und frißt wie ein Mastschwein und sagte vor ein paar Tagen zu mir: „Ich sündige eben so, und andere sündigen eben anders." Ich glaube, sie fühlt sich besser als ich. Ich sündige immer anders.

N wie Nachtigall

Sehr geehrte Frau Nachtigall!

Wir kennen uns ja schon einige Jahre, und es drängt mich, Ihnen einmal zu sagen, daß Sie echt stark sind, einfach supertoll. Ich meine Ihren Gesang. So viel schöne Melodien würden mir nie einfallen. Im Singen hatte ich während der Wende vom Knaben zum pupertierenden Jugendlichen eine Vier, obwohl ich Musik eigentlich gern höre. Aber die Stimme schwankte zu dieser Zeit stark zwischen Dur und Moll. Unsere langjährige Musiklehrerin, Fräulein Heidenröslein, die inzwischen auch zur Frau wurde, verglich meinen Gesang mit einer Dreckschippe, die in Mergelgestein wühlt. Da ich einigermaßen gut pfeifen konnte, bekam ich keine Sechs. Das nur, damit Sie wissen, ich bin kein musikalisches Wunderkind.

Ihr Gesang, sehr geehrte Frau Nachtigall, hört sich an wie ein zartes Flötenkonzert. Eigentlich hab ich für Flöten nicht viel übrig, besonders nicht für Blockflöten. Mir grauste immer vor Schüleraufführungen, wo Blockflöten auftraten. Ihre falschen Töne zogen mir die Schuhe aus. Bevor der letzte Ton aus dem Loch der Blockflöten entwich, war ich meist schon über alle Berge, na ja, wenigstens aus der Aula verschwunden.

Sie dagegen, Frau Nachtigall, beherrschen Ihr Instrument wie kein anderer. Ich kann mir vorstellen, daß in der Nacht, wenn ihre Lieder erschallen, Verliebte

andächtig lauschen, sich anfassen und „ah" und „oh" stöhnen. Ich möchte nicht wissen, wie viele Dichter einen ähnlichen Zustand bekamen. Vielleicht entstand so die sogenannte Liebeslyrik.
Aber heute? Die Romantik ist dahin. Die Jugend von heute bevorzugt Musik, die Trommelfelle zum Platzen bringt. Je lauter, um so lieber. Die Sänger und Sängerinnen schreien und krächzen wie Saatkrähen. Im Gegensatz zu Ihrem schlichten Outfit hüllen sie sich in glitzernde Kleider und lassen sich dazu noch von bunten Scheinwerfern bestrahlen. Na ja, irgendwie müssen sie auf sich aufmerksam machen, wenn sie schon nicht singen können. Selbst alte Sängerinnen wie Tina aus Amerika, die in ihrem Heimatland längst abgetakelt hat, feiert in unserem deutschen Vaterland noch fröhliche Auferstehung. Die greise Teenagerdame wußte, daß Deutsche wildes Geschrei und schrilles Gekirr lieben. Warum sollte sie abtreten, wenn der Rubel noch rollt, nein, genauer gesagt, der Dollar noch springt?
Sie, Frau Nachtigall, singen nicht um Geld und Gut, sondern sitzen bescheiden in den Büschen unseres Gartens und lassen in der Abenddämmerung bis tief in die Nacht hinein ihre wunderbaren Lieder erschallen, einschmeichelnd, frohlockend und manchmal auch mit einem gepfefferten Triller. Wahrscheinlich hängt das von der Antwort Ihres Partners ab, der sich hundert Meter weiter ausgerechnet in Motzkes Garten niedergelassen hat. Ich wundere mich überhaupt, daß es Ihr Partner bei diesem unflätigen Schreihals aushält. Warum holen Sie Ihren Liebsten nicht zu sich, also zu uns? Sie wären ein Traumpaar. Ich nähme die schlaflosen Nächte, die Sie mit Ihrem Gesang ausfüllen, gern in Kauf, auch wenn ich am nächsten Tag wieder unausgeschlafen zur Schule

komme. Ich muß mir nur die richtige Entschuldigung einfallen lassen. Als mich neulich Frau Heidenröslein fragte: „Ottokar, warum kommst du zu spät?", da antwortete ich: „Das macht, es hat die Nachtigall die ganze Nacht geflötet und mir mit ihrem süßen Schall den letzten Nerv getötet." Sie war mit dieser Antwort sehr zufrieden und sagte: „Wenn du immer so hübsche Entschuldigungen hast, dann darfst du jeden Tag bei mir zu spät kommen."

Ist sie nicht lieb? Wie anders hätte unser früherer Klassenlehrer, der Herr Burschelmann, darauf reagiert! Er hätte geknurrt: „Dann sag deiner N a c h t igall, sie soll sich gefälligt in eine T a g igall verwandeln!"

Sehr geehrte, liebe Frau Nachtigall, nehmen Sie das dem alten Querkopf nicht übel. Er kann nichts dafür, daß er so unmusikalisch ist.

                         Mit freundlichen Grüßen
                         Ihr Bewunderer
                                 Ottokar.

O wie Osterhase

Mit versteckter Kamera beobachtet

Osterhasen gelten im allgemeinen als abartig gegenüber anderen Hasen. Sie erreichen eine Höhe von 5 bis 30 Zentimetern, ihr Bewegungsapparat ist steif, sie legen nur einmal im Jahr etwa vier bis acht Eier in zumeist grellen Farben und in der Größe von Hühnereiern. Auffallend ist ihre metallisch schillernde Außenhaut ohne Haarwuchs, ihre Kauwerkzeuge sind völlig inaktiv. Osterhasen sind von der geistigen Substanz her gesehen genau so hohl wie ihr Körper, der außerdem sehr zerbrechlich zu sein scheint. Man konnte bisher nicht feststellen, welche Nahrung sie aufnehmen, wahrscheinlich leben sie von der eigenen materiellen Substanz, einer schokoladigen Masse billigen Geschmacks. Ihre Lebensdauer ist äußerst begrenzt, vielleicht zwei bis sechs Wochen, und das auch nur um die Osterzeit herum. Ausnahmen gibt es natürlich auch hier. Entsprechend dem Trägheitsgesetz, dem sie unterworfen sind, können sie sich gelegentlich bis zu sieben Monaten halten, um noch einmal als Weihnachtshase in Erscheinung zu treten. Sie sind dem Gespött aller Weihnachtsmänner hilflos ausgesetzt, weil sie mit der Zeit einen unangenehmen Geruch ausstrahlen, etwa wie ranziges Fett, und weil sie zu Weihnachten fehl am Platz sind.
Die einzigen, die sie mögen, sind Kinder. Wahrscheinlich existieren sie nur ihretwegen, was nachzuweisen wäre. Begeben wir uns doch einmal in eine

durchschnittliche Familie mit zwei Jungen im Alter von acht und neun Jahren. Aus Gründen des Datenschutzes dürfen wir keine Angaben über Namen, Herkunft, Beruf, Parteizugehörigkeit, Religion, Vorstrafen, gesundheitlichen Zustand usw. machen. Nennen wir sie also Familie Strohkopp. Sie hat ein durchschnittliches Einkommen, ein durchschnittliches Sexualleben, ein durchschnittliches Einfamilienhaus im Grünen, also mit Garten, und pflegt an Festtagen wie Ostern die traditionellen Bräuche. Wir arbeiten natürlich mit versteckter Kamera, um das festliche Geschehen ohne Berührungsängste einzufangen. Es sind keine Interviews mit Familienmitgliedern vorgesehen, wir geben uns nicht zu erkennen, beobachten also gewissermaßen unter einer Tarnkappe. Blende auf!
Ostermorgen. Der erste warme Frühlingstag. Von irgendwoher ruft eine Glocke zum Kirchgang, die Strohkopps indessen sind gerade erst aufgestanden, mit Ausnahmen der beiden Jungen Max und Moritz. Sie dürfen noch ein Stündchen schlafen, weil sie spät, oder besser gesagt erst früh zu Bett kamen. Vater und Mutter Strohkopp konnten es ihnen nicht verübeln, sich auch noch den Mitternachtskrimi anzusehen. „S'ist ja Ostern, da kann man schon mal ein Auge zudrücken". Die morgendlichen Geräusche verraten Eile und geheimnisvolles Tun. In Toiletten und Waschbecken rauscht es, ein elektrischer Rasierapparat surrt, aus der Küche klirrt leise Geschirr, strömt der Duft frischgebrühten Kaffees durch das Haus. Während Mutter Strohkopp die Kleinen sanft weckt, sie zum Waschen ermahnt, „die Ohren nicht vergessen!", legt sie für die Buben die festliche Kleidung zurecht. „S'ist ja Ostern." Max und Moritz planschen sich gegenseitig wach, daß es nur so spritzt.

Vater Strohkopp, im bequemen Freizeitanzug aus Flanell, schleicht indessen in den Garten und hält einen großen Karton in den Händen. Er schaut, als ob er etwas sucht, nach allen Seiten, und Mutter Strohkopp ruft ihm nach: „Machs nicht so schwer!"
Nun beginnt das Versteckspiel. Zuerst die Osterhasen. Den einen hängt er an einen Ast der Blautanne, den anderen stellt er zur Gruppe der Gartenzwerge, die zum ersten Mal in diesem Jahr die warme Frühjahrssonne genießt. „S'wird doch nicht zu schwer sein für Moritzchen, den Osterhasen zu finden?"
Auch die bunten Ostereier plaziert er sinnig an Stellen, wo auch Hühner ihre Eier hinzulegen pflegen: ins spitztürmige Gestrüpp einer Wacholderkonifere, in den Abfluß der Dachrinne, in das Auspuffrohr des Familienautos, unter das Abflußrohr der Regentonne, auf den Komposthaufen, leicht verscharrt, in den Klammerbeutel an der Wäscheleine, hinter den Grabstein der verblichenen Hauskatze, in der Gießkanne, zwischen zwei Farnkrautbüschel und unter einen leeren Blumentopf im Gewächshäuschen. Die großen Eier sind verlegt, jetzt kommen die kleinen in Plastikbeutelchen, die Marzipaneierchen, die Schokoladenriegel, das kleine Zuckerwerk – wohin mit allem? Jedenfalls an, auf, hinter, neben, in, über unter, vor und zwischen ist immer noch Platz. Da kann man gleich anschaulich die Präpositionen üben.
Nun kam der große Augenblick. Max und Moritz, feierlich geputzt, mit rotem Schleifchen am Hemdkragen, stürmten brüllend in den Garten. Mit glänzenden Augen verfolgten Mama und Papa Strohkopp die Suchaktion. Die Osterhasen fanden die munteren Knaben ziemlich rasch, die Eier und der Zuckerkram war schon schwieriger zu entdecken. Aber die Strohkopps sind ja geübt. Sie riefen je nach Lage des

Verstecks: kalt, noch kälter, eiskalt, etwas wärmer, noch wärmer, warm, heiß, Gluthitze, gleich verbrennst du dich! Hui, das machte Spaß!
Als die Jungen nach einer Stunde und siebenundzwanzig Minuten ihre Fundsachen verglichen, war der Spaß vorbei.
„Der hat vier Eier, ich nur zwei!"
„Der hat eine Tüte Liköreier, ich nicht!"
„Der hat meine Schokolade zerlatscht!" Der hat, der hat. Die guten Eltern bemühten sich gütig um gerechten Ausgleich, es gelang nicht.
„Das Ei stinkt nach Katzenpisse!"
„Dieser Beutel ist naß!"
„Der hat jetzt die Milchschokolade bekommen, ich die bittere", und dergleichen Ungerechtigkeiten mehr. Tränen bei Max, Wut bei Moritz. Als sie sich nach der folgenden körperlichen Auseinandersetzung umziehen mußten, ging Papa Strohkopp noch einmal sinnend durch den Garten und brabbelte leise vor sich hin: „Da war doch noch was, da war doch was", bis er eine Tüte Liköreier zertrat. „S'war doch zu schwer", hielt ihm Mama Strohkopp vor.
Die Herzbuben vertrugen sich wieder; denn im geräumigen Kinderzimmer erwartete sie noch eine Bescherung: Autos, für jeden eine komplette Indianerausrüstung, Pfeil und Bogen, großkalibrige Trommelrevolver, Handschellen, Sheriffsterne. Die beiden Sheriffs gerieten alsbald in eine gegenseitige Verfolgungsjagd. Pengpeng machten die Revolvermündungen, pjeuiii, ein Querschläger. Stühle kippten, Schulranzen flogen durch den Raum, ein Spielzeugbord krachte zusammen, Handschellen knackten.
Die finsteren Sheriffs haben sich gegenseitig besiegt. Sie schieden mit Tränen und unanständigen Ausdrücken.

„Äääässsen!" rief die mütterliche Stimme aus der Küche. Es gab aber nicht gleich zu essen. „Wie seht ihr denn aus?!!!" – die Mutter. „Euch kann man keine zehn Minuten allein lassen!" – der Vater. „T-Shirts ausziehen! Ab zum Waschen! Du blutest ja, Vater hol das Verbandszeug! S'ist nicht zu glauben, was man mit euch durchmacht." Es dauerte, bis die Mutter den Vater dazu brachte, endlich die Befehlsgewalt zu übernehmen. „Jajaja, ist schon gut", brummte er, „ich rede nachher ein Wörtchen mit ihnen. S'ist doch Ostern."

Nachmittags kam die nächste Überraschung: Großmutter und Großvater, Tante Gundula und Onkel Emil. Mit Paketen und Päckchen belastet. „Kinder geht auf euer Zimmer, wir wollen uns unterhalten!" befahl der väterliche Kommandeur.

Geschenke auspacken ist immer das Schönste. Bunte Verschnürungen flogen durch das Zimmer. Ritschratsch, ab mit dem Geschenkpapier. Zerdrückte und eingerissene Kartons auf dem Teppich. „Mann, Boxhandschuhe von Oma!" „Hurra, ein Säbel von Opa! Ich bin Dadajong!" „Und ich bin Rombo mit der Maschinenpistole, ratatatata!" Die gute Tante Gundula, sogar daran hat sie gedacht. „Toll, supergeil, ein Marsmensch mit Batterie von Onkel Emil!" „Paß auf, jetzt wirst du durchlasert!" Tschietschietschieii, machte die Laserwaffe, piepiepiep der Marsmensch, ratatata der Rombo, st-st-st Dadajong, wumms die Boxhandschuhe, schwirrschwirr die Indianerpfeile; „hands up", rief der Sheriff Nummer 1, „gleich baumelst du", der Sheriff Nummer 2. Die alte Rivalität ist wieder ausgebrochen.

„Die sind aber ein bißchen sehr laut", sagte unten im Wohnzimmer die Großmutter. „S'sind halt Jungs", der Großvater. „Müssen sich halt mal austoben",

Onkel Emil. „Sie haben sich ja so über die Geschenke gefreut!" Tante Gundula. „S'ist ja Ostern", ergänzte verständnisvoll Mama Strohkopp.
Der Kampflärm oben verstummte. Nach zehn Minuten wird Mama Strohkopp unruhig. Alle lauschen. Nichts zu hören. Kein Laut. Totenstille. Das ist Anlaß genug, mal nach dem Rechten zu sehen. Der Aufklärungstrupp mit Kommandeur Strohkopp an der Spitze erreicht das Kinderzimmer. Du lieber Gott, wie sieht das hier aus! Papiere und Pappdeckel malerisch verstreut, Glassplitter, ein umgekipptes Bord, entleerte Schulranzen, zwei Plüschbärchen mit Handschellen aneinander gefesselt, ein zerbrochener Stuhl, ein aufgeschlitztes Kissen, ein entblätterter Gummibaum, Waffen aller Art auf dem Teppich, wie nach einer heillosen Flucht hingeworfen. Nur ein leises Piepiepiep war zu hören. Der Marsmensch war zwischen zwei Boxhandschuhen eingeklemmt. Seine Signallämpchen arbeiteten noch. Wo sind die Jungs? „Max und Moritz, wo seid ihr?!!" Keine Antwort, kein Echo. Abermals begann eine Suchaktion.
Hinterm Geräteschuppen fand man sie, einträchtig beschäftigt. Sie konstruierten aus sorgfältig entfernten Latten vom Nachbarzaun ein Flugzeug. „Nur noch der Propeller, dann sind wir fertig."
Da wußten Vater, Mutter, Großvater und Großmutter Strohkopp, Tante Gundula, geborene Strohkopp, und Onkel Emil Dummlack endlich, was sie den süßen Rangen zu Weihnachten schenken werden: jede Menge F l u g z e u g e.

P wie Papagei

Die Papageienkrankheit

Papageien sollen eine Krankheit verbreiten, nämlich die Papageienkrankheit, las ich im Artikel eines Vogelkundlers. Er befaßte sich aber nicht weiter mit der Papageienkrankheit, sondern mit exotischen Vögeln überhaupt, die man in Freiheit lassen sollte und nicht in Käfige sperren. Vögel fangen und für teures Geld in anderen Ländern verkaufen, wo es keine so seltene Exemplare gibt, sei eines der schlimmsten Geschäfte. Das meine ich auch, und das sollte für alle Tiere gelten, die aus ihrer natürlichen Umwelt herausgerissen werden, nur um irgendwelchen Angebern das Heim oder den Garten zu schmücken.
Trotzdem ließ mich die Papageienkrankheit nicht zur Ruhe kommen. Was ist das für eine Krankheit? Unser zweibändiges Lexikon von A bis Z verriet nur den Fachbegriff Psittakose und den Hinweis, das sei eine spezielle Form der Ornithose.
Also suchte ich nach diesem Stichwort und erfuhr, es sei eine von einem Virus hervorgerufene Infektionskrankheit, die auch auf Menschen übertragbar ist. Es können Todesfälle auftreten, und diese sind meldepflichtig. Merkwürdig. Warum nur die von der Papageienkrankheit? So viel ich weiß, sind alle Todesfälle meldepflichtig. Die Ärzte müssen ja einen Totenschein ausschreiben.
Aber woran die Papageienkrankheit zu erkennen ist, darüber steht kein Wort im Lexikon. Wo könnte ich

etwas darüber lesen? Eija, in einem Gesundheitslexikon vielleicht. Ich hatte Glück. Unter P standen 254 Wörter, darunter auch Papageienkrankheit. Was las ich? „Die Papageienkrankheit wird neuerdings als Ornithose (ornis = griechisch, heißt Vogel) bezeichnet, da auch andere Vogelarten den Papageienkrankheitsvirus übertragen können."
Nun wußte ich eine Menge mehr, nur noch nicht, wie sich die Papageienkrankheit äußert. Deshalb fragte ich unsere Biologielehrerin danach. „Oje", gab sie ehrlich zu, „da muß ich auch erst in meinen schlauen Büchern nachsehen". Sie besitzt wahrscheinlich mehrere davon, weil sie im Plural sprach. Am nächsten Tag holte sie freudestrahlend einen Zettel aus ihrem Täschchen und las vor: Das ist ein Virus, auch Psittakose genannt, eine spezielle Form der Ornithose. Ich wollte die Lehrerin nicht kränken, denn ich hätte sagen können, das hab ich auch schon herausgefunden. Aber sie hat sich doch solche Mühe gegeben.
Ärzte müssen es wissen. Daß ich nicht gleich darauf kam! Da ich an diesem Tag zu meinem Zahnarzt bestellt war (komisch „bestellt", als wenn ich ein Glas Bier wäre!), fragte ich ihn auch nach der Papageienkrankheit.
„Ich bin Zahnarzt, mein Junge, und kein Tierarzt."
Er wollte mir als treuen Kunden ja so gern helfen, ging zu einem Regal und wählte ein Buch aus mehreren aus. Papapapapa sprach er leise vor sich hin, bis er gefunden hatte, was er suchte. Er las mir nicht alles vor, sondern nur das Wichtigste. „Tja, mein Junge, das handelt sich um pneumatrope Viren, die vorwiegend die Atmungsorgane befallen. Was Viren sind, weißt du?"
„Ja, weiß ich, schon seit der 6. Klasse, als wir über

Schnupfen sprachen. Der kommt auch von den Viren, die mich mindestens einmal im Jahr überfallen. Drei Tage kommt er, der Schnupfen, drei Tage bleibt er und drei Tage geht er. Bei mir halten sich die Viren nicht so lange, sie mögen mich wohl nicht so gern. Doch was sind pneumatrope Vieren?"
Der gute Doktor schaute auf die Uhr und sagte: „Tja, mein Junge, jetzt muß ich deine Zähne nachsehen, der nächste Patient kommt gleich." Immerhin hab ich gelernt, daß die Papageienkrankheit etwas mit der Atmung, also Luft zu tun hat. Wer hat alles mit Luft zu tun? Ich erkundigte mich bei verschiedenen Bekannten. Mein bester Bekannter war mein Vater, er gab mir einen wertvollen Hinweis: „Hast du noch nichts von der Arbeit mit Druckluft gehört? Da staun ich aber. Wenn dir die Luft im Fahrradreifen ausgeht, was machst du dann?"
„Ich pumpe zuerst Luft wieder auf. Hält sie sich dort nicht, dann muß ich das Ventil oder den Schlauch nachprüfen."
„Na also", wie stolz das Vater sagte, als hätte er die Luft erfunden. Aber ich sah keinen rechten Zusammenhang zwischen Luftaufpumpen und der Papageienkrankheit. Auch dann noch nicht, als mir andere Fachleute, unter ihnen sogar ein Ingenieur, erklärten, daß es pneumatische Meß-, Steuer- und Regelgeräte gibt. Heilt man damit vielleicht die Papageienkrankheit? Auch die Fachleute wichen dieser Frage aus.
Da hörte ich durch Zufall, wie sich zwei Frauen auf der Straße über Krankheiten unterhielten. Die eine sagte gerade: „Ach der? Der liegt doch im Krankenhaus an der eisernen Lunge. Macht wohl auch nicht mehr lange mit."
Das war eine Spur, wenngleich ich nicht wußte, daß

es Menschen mit eisernen Lungen gibt. Also nichts wie hin ins Krankenhaus. Wär doch gelacht, wenn ich das nicht rauskriege. Lange suchte ich auf den Hinweisschildern nach der eisernen Lungenstation. Am Ende gab ich mir einen Ruck und fragte in der Aufnahme eine spitznasige Frau danach. Sie hatte eine Stinklaune und pfiff mich gleich an: „Was willst du? Aber nischt wie raus hier, und zwar dallidalli! Du hast hier nichts zu suchen!" Ich hörte noch, wie sie zu jemandem sagte: „Was sich die frechen Gören heute rausnehmen!"

Wenn ich einmal erzählen würde, was sich die Erwachsenen heute alles rausnehmen, dann bekäme ich von ihnen bestimmt eine Ohrfeige. Sonst wollen sie so schlau und allwissend sein. Aber eine Antwort nach der Papageienkrankheit können sie auch nicht geben.

Doch wenn ich schon einmal etwas erforsche, dann hab ich keine Ruhe, bis ich Bescheid weiß. Ich lieh mir alle Vogelbände in der Bücherei aus. Nach langem Suchen – denn jeder Band hatte eine andere Systematik – fand ich endlich, was ich eigentlich schon lange wußte: Papageien gehören zu den Vögeln, die menschliche Laute, Wörter, ja sogar ganze Sätze nachsprechen können, die man ihnen vorsagt. Nachplappern und Wiederholen ist also die Papageienkrankheit.

O, da kenne ich viele, die von ihr angesteckt sind, angefangen von meinen Mitschülern bis zu den Politikern. Komisch, auf die einfachste und nächstliegende Erklärung kommt man meistens nicht gleich.

Q wie Qualle

Bin ich eine Qualle?

Zu den schönsten Freuden eines Schülers gehört die Behandlung von Gedichten. Unser aller geliebter Studienrat Dr. Specht kann über ein Gedicht lange sprechen. Nachdem wir es gelesen haben, kommt meistens die Frage: Was sagt uns dieses Gedicht? Der Dok ist nicht kleinlich und überläßt uns große Freiheit, die zum Beispiel darin besteht, daß wir uns selbst Gedichte aussuchen und diese in einem Kurzvortrag besprechen können. Erst vor einigen Tagen hatte ich die große Ehre, einen Vortrag halten zu dürfen. Im Nachlaß meines Großonkels mütterlicherseits, des zu Unrecht verstorbenen Franz Ferdinand Prohaska, fand ich ein der Nachwelt unbekanntes Gedicht, von dem ich glaube, daß es uns auch heute viel sagt. Mein Vortrag war, wie man in gebildeten Kreisen sich ausdrückt, eine Sternstunde. Ich habe hier eine Abschrift desselben:

> **Die Qualle**
> **Die Qualle quillt mal auf, mal ab,**
> **treibt mit den Menschen Schabernack,**
> **hat keine Knochen, kein Skelett,**
> **will man sie fangen, rutscht sie weg.**
> **Du findest bei ihr keinen Halt,**
> **ist nass und klitschig, eklich kalt**
> **und hinterläß, falls es gelingt,**
> **sie mit ins Bett zu nehmen,**
> **nur einen feuchten Fleck – ein Anlaß,**
> **sich zu schämen.**

Was sagt uns dieses Gedicht? Zunächst muß man feststellen, daß dieses Werk in seiner Schlichtheit und Poesie ans Herz rührt. Wie schön und empfindsam der Dichter einen alltäglichen Vorgang beschreibt, ohne sich mit der Qualle zu identifizieren! Er bewahrt bei aller Liebe zum Gegenstand doch einen gewissen Abstand wie ein Lehrer zu seinen Schülern. Und doch erfährt man nach vertieftem Eindringen in das Gedicht Erstaunliches: erstens die Schönheit der Sprache, zweitens eine fundierte naturwissenschaftliche Bildung und drittens mitreißende Phantasie, die den Leser zwingt, über sich selbst nachzudenken, zum Beispiel über die Frage: Bin ich einer Qualle ähnlich?

So viel zur grundsätzlichen Bewertung. Doch weit mehr sagt uns das Gedicht, wenn wir ins Detail gehen. Untersuchen wir es nach den genannten Kriterien:

Zur Sprache: „Die Qualle quillt." Wie lange mag der Dichter nach diesem poetischen Auftakt gesucht haben? Sein Ausgangspunkt war wahrscheinlich der Gedanke: Die Qualle bewegt sich oder schwimmt. Nein, das ist nicht dichterisch, so liest man es in jeder Zeitung. Was einen Dichter von den Reportern unterscheidet, ist die Suche nach dem richtigen Wort. Das dauert oft Stunden, wenn nicht Tage. Vielleicht kamen dem Dichter Kindheitserinnerungen zu Hilfe. Quallen sind doch so aufgebläht wie Luftkissen. Also überlegte der Dichter: Die Qualle bläht sich auf und ab. Aber dann stockte er. So kann man's auch nicht sagen. Wenn man aufblähen schreibt, denkt man sofort an Blähungen und deren Folgen. Er sinniert weiter: Qualle, Quelle, Quille ... dem Dichter fiel der Hefeteig ein, der aufquillt. Ja, das ist es. „Die Qualle quillt." Das ist Bewegung und schließt zugleich die dynamische Veränderung des Quallenkörpers ein. Außerdem klingt es wie ein halber Stabreim – eine große Kunst, die nur von Geburt an begnadete Dichter beherrschen. Wenn man den Satz noch ausbauen könnte, zum Beispiel: die Qualle quillt quer durchs Quallenmeer – das wäre vollendete Kunst, würde aber bedeuten, den ersten gelungenen Entwurf total umzuschreiben. Der Dichter möchte nicht auf das schöne deutsche Wort Schabernack verzichten. Wer kennt es noch, wer spricht es noch? Es gibt dafür zwar viele Synonyme, auch ganz perverse aus der Kloaken- und Sexsprache. Schabernack dagegen – das sind drei klangvolle, zum Singen geeignete Vokale. So weit zu diesem Punkt.

Man merke: Die richtige Wahl der Wörter ist des Dichters Kunst.

Zur Sachkenntnis: Wie lange mag der Dichter Quallen studiert haben, bis er sich entschloß, sie für ein Kunstwerk auszuwählen? Franz Ferdinand Prohaska muß ihnen viel Aufmerksamkeit gewidmet haben, zumal sein Geburtsland das quallenarme böhmische Erzgebirge war. Die Reisen an die Nord- und Ostsee verschlangen seine Ersparnisse. Aber woher sollte er sonst wissen, daß Quallen kein Skelett haben, daß ihnen wie den meisten Tieren und Menschen das sogenannte Stützsystem fehlt, sie demnach nicht zum aufrechten Gang geeignet sind? Woher die erstaunliche Erkenntnis von ihren rutschigen, klitschigen, wabbeligen Eigenschaften? Nun, wabbelig hat er nicht geschrieben, man muß den Dichtern zugute halten, auch mal auf ein Wort zu verzichten. In der Kürze liegt die wahre Kunst. Wissenschaftler könnten ein ganzes Buch über Quallen schreiben, und sie haben es vielleicht auch getan. Das mag eine Lebensaufgabe sein, aber keine Kunst. Es ist das

Vorrecht und die besondere Gabe der Dichter, sich auf das Wesentliche zu beschränken wie beispielsweise bei mündlichen Prüfungen in Literatur und Religion. Allgemeines Schwafeln ist da nicht beliebt, Fakten sind gefragt. So kann man nur ahnen, welche wissenschaftlichen Anstrengungen dem Quallengedicht vorausgingen.

Drum merke: Studieren, studieren und nochmals studieren ist auch das Brot des Künstlers, will er von Naturwissenschaftlern nicht ausgelacht oder gar angefeindet werden.

Zur Phantasie: Warum wohl mag der Dichter ausgerechnet die Quallen für sein poetisches Kunstwerk ausgewählt haben? Weil er wußte, daß Menschen beim Lesen eines Gedichts oder Krimis dazu neigen, ihr eigenes Ich darin zu suchen. Wer bin ich? Natürlich weiß jeder halbgebildete Mensch, daß er keine gallertartige Masse ist und sich auch sonst von einer Qualle unterscheidet. Weiß er es genau? Steckt nicht eine moralische Absicht in dem Gedicht? Könnte es nicht eine Lebenshilfe sein? Der Dichter wollte es und fordert von seinen Lesern die Phantasie heraus. Phantasie ist des Dichters besondere Stärke, die man Politikern, Steuerbeamten, Zahnärzten und anderen mitleidlosen Zeitgenossen nicht nachsagen kann. Prüfe doch ein jeder der Ich-Suchenden sich selbst. Gehört er nicht auch zu der Gattung Mensch, die schwer zu fassen ist? Nicht Fisch, nicht Fleisch, nicht Nein- und nicht Ja-Sager? Ein Mensch wie die Qualle ohne Rückgrat, der bei jedem Wind, ganz gleich aus welcher Richtung, umfällt oder sich mitreißen läßt? Politisch gesehen sind sie wendig, charakterlich gesehen schlüpfrig und menschlich gesehen eine Null vor und hinter dem Komma. Aus welchem Grund wohl hat Franz Ferdinand Prohaska mit dem phantasievol-

len Hinweis auf Bett und Fleck sein Werk abgeschlossen? Weil er wußte, daß quallenartige Menschen sich fragen: Was wird die Mutter oder die Frau oder das Zimmermädchen oder gar ein Zeitungsreporter sich denken, wenn er diesen feuchten Fleck im Bett sieht? Phantasie ist gefragt, aber auf einen Quallenfleck kommt keiner.
Drum merke: Nur der verdient sich Achtung und das Leben, der wissentlich zu seinen Taten steht.

Nach meinem Kurzvortrag herrschte tiefe Stille im Klassenraum. Sogar unser aller geliebter Lehrer, Studienrat Dr. Specht, stand da mit offenem Mund. Ich hatte nur eine Erklärung dafür. Sie dachten nach und fragten sich: Bin ich eine Qualle?

R wie Ratten

Fast ein Liebesroman

Zu fast allen Lebewesen unserer Tierwelt habe ich, soweit ich sie kenne, ein gutes Verhältnis. Auch zu Mäusen, vor denen erwachsene Frauen, sogar Polizistinnen, aufschreien und flüchten. Nur vor einer Gattung Nagetiere ekelt es mich – vor Ratten. Schon in der Art, wie man den Namen ausspricht, R a t t e n, liegt Gefahr. Mag sein, daß Biologen und Psychologen anders darüber denken. Für sie sollen Ratten sogar klug und lernfähig sein. Für mich sind sie widerliche Krankheitsüberträger, die von den Abfällen der sauberen Menschen leben und sich im Dreck wohlfühlen. Wenn Karikaturisten Feindbilder zeichnen, dann setzen sie ihnen manchmal Rattenköpfe auf, und das ist ja wohl das Übelste.
Eine Ratte würde ich nie knutschen, dann schon lieber einen Elch oder eine falsche Schlange, wenn sie einigermaßen aussieht. An unserer Schule gibt es einige davon, sie dienen als Versuchstierchen wie die Laborratten den Verhaltensforschern, die nachweisen wollen, wie lernfähig sie sind. Na ja, das ist ihre Sache. Nur frag ich mich: Müssen Ratten lernen? Wenn ja, wozu? Ein höherer Intelligenzquotient kann sie ja nur noch gefährlicher machen.
Doch wie komme ich bei den Gedanken an Ratten aufs Knutschen? Das ist eine Geschichte, die ich nur vertraulich erzählen kann, so ganz unter uns. Sie spielte sich an der Ostsee ab. Während meine Eltern

sich im Strandkorb lümmelten, streunte ich am Wasser entlang, bis mir ein freches Mädchen in meinem Alter eine breite Qualle ins Gesicht schmiß. Solche Annäherungsversuche war ich nicht gewöhnt. Sofort nahm ich die Verfolgung auf. Aber die blonde Hexe konnte schwimmen, und wie! Ich hatte Mühe, sie einzuholen. Ich zog sie mit ihrem Zopf unter Wasser, sie revanchierte sich mit einem Hieb gegen eine Stelle, wo es ganz schön weh tut, so daß ich sie loslassen mußte. Sie drückte mit einem festen Klammergriff meinen Kopf in die aufgewühlte Brühe, ich riß ihr die Beine weg, daß es nur so klatschte. Sie kitzelte mich – typisch Weiberlist – an den Fußsohlen, vor Lachen ging ich unter und packte sie am Badeanzug, der Gott sei Dank hielt. Schließlich entschlossen wir uns zu einem Wettschwimmen bis zur Boje und zurück zum Strand. Ich konnte nur deshalb gewinnen, weil sie im flachen Wasser auf eine Glasscherbe trat. Meine Eltern merkten von dem fairen Wettkampf nichts. Sie lagen wie betäubt in ihrem Strandkorb und ölten sich nur zwischendurch.

Nachdem wir die Wunde an ihrem linken Fußballen betrachtet hatten, sie war nicht schlimm, tauschten wir unsere Vornamen aus. Über meinen wollte sie sich totlachen, ihrer gefiel mir ganz gut. Antje. Paßte zu ihr. Auch sonst gefiel sie mir. Sie war lustig, nicht zimperlich, und hatte auch das gewisse Etwas – rein körperlich gesehen. Als erstes stellte sie an mir fest: „Du bist eine ganz schöne Wasserratte, hätte ich von einer Landratte nicht gedacht." Als ein Kompliment empfand ich es nicht, mich mit einer Ratte zu vergleichen, deshalb antwortete ich nach einigen Sekunden schlagfertig: „Und du bist auch nicht von Pappe", was heißen sollte, sie ist hart im Nehmen und weicht so schnell nicht auf. Wir erkundigten uns nach unse-

ren Hobbys, ich erwähnte unter anderem meine Briefmarkensammlung, sie sagte, sie sei eine Leseratte. Wieder das Wort Ratte. Fiel ihr denn nichts anderes ein? „Ich kann mir nicht vorstellen, daß du Bücher frißt", gab ich zu bedenken, „außerdem hast du schönere Zähne als Ratten." Das war schon eine sehr kühne Sympathiebezeugung meinerseits. Meine Eltern hätten mich nicht wiedererkannt, aber die lagen ja mit Papierhütchen auf der Nase im Strandkorb und hörten von unserer Konversation nichts.
Sie sahen auch nicht, wie wir uns umzogen hinter vorgehaltenem Badetuch und weggucktem, obwohl ich ganz gerne mal über den Rand geblinzelt hätte. Antje ließ sich sogar in unser Quartier verführen, und weil mir im Moment nichts anderes einfiel, was ich ihr zeigen könnte, zeigte ich ihr meine Briefmarkentauschmappe. Weil Briefmarken so klein sind, mußte sie ganz nahe an mich heranrücken. Sie roch nach Wind, Wasser und Seetang, ein angenehmes Parfüm. Aber von Briefmarken hatte sie keine Ahnung. Und plötzlich, ich weiß gar nicht, wie es kam, umfaßten wir uns und näherten uns mit niedergeschlagenen Augen dem Körperteil, der im allgemeinen als Mund bezeichnet wird. Ich hatte keine Erfahrung, sie auch nicht, und so fragten wir uns im stillen, ich jedenfalls ganz bestimmt: Das kann es doch wohl nicht gewesen sein? Aber irgendwie prickelnd war es doch, so daß wir uns zu einem Promenadenbummel entschlossen. Dabei sogar unsere Finger einhakelten. Meine Eltern haben auch davon nichts gemerkt. Sie lagen seewärts in ihrem Strandkorb und wechselten die angerösteten Seiten.
Geredet haben wir so gut wie gar nichts, es ging auch so, obwohl ich die ganze Zeit überlegt habe, worüber man reden müßte. Antje wohl auch. Doch als uns

eine Gruppe besoffener Glatzköpfe entgegenkam, einen kleinen Vietnamesen zur Seite schleuderten und das alte Seemannslied brüllten: Wir lagen vor Madagaskar und hatten die Pest an Bord usw., bogen wir schnell in einen Waldpfad ab. Da sagte die Antje: „Diese R a t t e n !" und hielt sich an mir fest. Sie zitterte sogar ein bißchen. Es herrschte eine totale Übereinstimmung zwischen uns, gefühlsmäßig und vom Intellekt her. So kam es zu einem zweiten Versuch, der – muß ich das beschreiben? – tadellos klappte. Wenn meine Eltern das gesehen hätten, zweifelten sie an meinem Verstand.

Sie haben doch was gesehen, nämlich kurz vor unserem Quartier, in das sie sich mit Mühe und Schmerzen schleppten. Wir sagten schnell: „Tschüß, bis morgen", und meine Mutter fragte neugierig, wie Frauen eben sind: „Wer war denn die hübsche Kleine? Habt ihr euch nett unterhalten?"

„Ja", sagte ich, „über R a t t e n ."

Die Eltern verzogen angeekelt das Gesicht. Ich glaube, die Alten werden uns Junge nie so richtig verstehen.

S wie Storch

Warum es weniger Babys gibt

Die vierjährige Annemonaliesa fragte mich gestern: „Onkel Ottokar, kannst du mir sagen, warum es immer weniger Babys gibt? Ich möchte so gern noch ein Brüderchen haben."

„Ja weißt du, Annemonaliesa, das liegt an den Störchen. Ich will dir das mal ganz einfach erklären. Vor 100 Jahren gab es noch genug Störche. Jede Hebamme konnte es sich leisten, einen Storch einzustellen. Er bekam für jeden Babytransport einen Eimer voller Frösche. Das war sein Lohn. Als dann in den Städten Krankenhäuser entstanden sind, wurden die Babys serienmäßig hergestellt. Die Störche hatten jetzt viel mehr zu tun, deshalb gründeten sie eine Transportarbeitergewerkschaft. Sie mußten mehrmals am Tage und auch bei Nacht Babys austragen und oft weite Strecken übers Land fliegen. In drei Schichten! Abends fielen sie dann hundemüde in ihr Nest. Das nennt man Ausbeutung. Sie bekamen aber nicht für jedes Baby einen Eimer Frösche, sondern erst für zehn Babys. Das hatte einen größeren Verschleiß der Storchschnäbel und Storchflügel zur Folge. Die Störche lebten nicht mehr so lange, sondern starben, bevor sie in Rente gehen konnten. Dann brach ein großer Krieg aus, und noch mehr Störche sind durch Bomben und Granaten umgekommen. Als danach der Frieden ausbrach, hatten die Störche wieder viel zu tun, das Land brauchte

Babys zum Aufbauen. Die Ausbeutung der Störche wurde jetzt noch unmenschlicher. Ihre größten Feinde waren die Finanzämter, die von den Störchen immer höhere Steuern eintrieben. Von den zehn Eimern Frösche Bruttoverdienst mußten sie die Hälfte wieder abgeben. Auch das Weihnachtsgeld fiel weg. Die Störche sagten zu ihren Gewerkschaftsbossen, sie sollen endlich mal dagegen klappern. Das taten sie auch. Aber als sich rausstellte, daß ein Gewerkschaftsführer klammheimlich fünfzig Eimer Frösche für sich einsteckte, da schimpften die Transportstörche gar sehr. Außerdem wurden viele arbeitslos wie dein Vati und mußten sich umschulen lassen, zum Beispiel als Tourismusstorch. Störche sind dafür am besten geeignet, weil sie fliegen können. Aber die großen Reisefirmen wollten nur Störche einstellen, die mindestens fünf Fremdsprachen beherrschen. Das war das out für die Störche. Einige haben ja noch eine ABM-Stelle gefunden als Museumsstück. Aber wie lange? Einige Störche landeten noch im Tierpark. Aber was ist das für ein Leben, immer eingesperrt und bewacht zu sein? Die können schon gar nicht mehr richtig fliegen, weil sie nicht fliegen dürfen. So, jetzt weißt du, Annemonaliesa, warum immer weniger Babys zur Welt kommen."

„Heeej, was erzählst du für'n Scheiß! Immer weniger Babys kommen zur Welt, weil es die Pille gibt, du Arsch!" sagte die kleine Annemonaliesa und trat mir gegen das Schienbein.

J wie Tausendfüßer

Zeigt her eure Füßchen

Wer kennt sie nicht, diese liebenswerten Tierchen, die im Erdreich oder unter Steinen und Wurzeln ihr Dasein fristen? Sie krabbeln flugs davon, wenn man sie aufschreckt, und sind auch sonst sehr empfindlich, besonders bei Umweltveränderung. Man ordnet sie ein unter die Diplopoden (Doppelfüßer), vielleicht abgeleitet von Diplomaten, die ebenfalls Umweltveränderungen nicht mögen. Bis sich diese Staatsdiener an ein anderes Land gewöhnt haben, dauert oft Jahre. Sonst haben sie keine Ähnlichkeit mit den Tausendfüßern.
Der Name Tausendfüßer ist ja auch leicht übertrieben. Daß Rechnungsführer, Finanzminister und Prozenthascher so locker mit Zahlen umgehen, ist nichts Neues. Aber Biologen? Sie neigen auch zu Übertreibungen, finden alles schön und zauberhaft, was die Natur hervorbringt, und sagen, alles hat seine Richtigkeit und Notwendigkeit. Sie dichten selbst den häßlichsten Lebewesen zu Lande, zu Wasser und in der Luft die besten Eigenschaften und den wohltätigsten Zweck an. Na ja, Biologen sind eben eine besondere Sorte von Mensch, die man beachten und bewundern muß, weil sie sich nicht wie normale Menschen von wechselnden Launen leiten lassen. Für sie gilt nur die strenge Wissenschaft. Aber auch sie können sich irren. Wie kamen sie auf den Namen Tausendfüßer?

Ich habe mir zum Beispiel einmal die Mühe gemacht, von einigen der angeblichen Tausenfüßern die Füße zu zählen, und suchte dazu die längsten aus, die ich im Garten finden konnte. Es war gar nicht so leicht, sie zu bändigen. Kaum hatte ich einen geschnappt, rollte er sich zusammen. So viel Schreckhaftigkeit! Er hätte doch sehen müssen, daß meine Finger keine Gefahr für ihn bedeuten. Habe sie absichtlich nicht gewaschen. Ich hätte auch keinen mit Stecknadeln aufgespießt, weil ich ihr Leben achte wie meins. Wieviel Mühe hat es mich gekostet, den langen Körper auf ein Brettchen zu strecken und mit Tesafilm anzuheften. Ich zählte dann die Füße und habe mich immer wieder verzählt. Erst mit einer starken Lupe ging es leichter. Ich kam nie auf tausend, nur auf höchstens 182 Füße.

Kann sein, daß es irgendwo in den Tropen oder Anden oder im wilden Kurdistan echte Tausendfüßer gibt. Sie müßten dann nach meiner Schätzung mindestens 15 Zentimeter lang sein. Würde man ein Riesentandem bauen, was theoretisch möglich ist, müßte es ungefähr zwei Kilometer lang sein und von tausend menschlichen Füßen getreten werden.

Der praktische Nutzen der sogenannten Tausendfüßer, auch Doppelfüßer genannt, weil sie an einem Bein gleich zwei Füße haben, besteht vor allem in ihrer Fähigkeit, Faulstoffe zu Humus zu verarbeiten, ähnlich wie die Regenwürmer, die im Volksmund schlicht eiseniella tetraedra genannt werden und eßbar sind. Jedenfalls hab ich einmal einen Regenwurm mit Pflaumenmuß verschluckt und keinen Schaden genommen, dafür die Mutprobe bestanden. Der Körper des Tausendfüßers dagegen ist nicht so geschmeidig, sondern leicht gepanzert. Beim Verspeisen würde er zwischen den Zähnen knirschen. Zumindest behauptet das mein Freund Schweine-Sigi, der es wissen muß.

Nun kann man einwenden: Behaupten läßt sich viel, aber beweisen? Auf den praktischen Wert einer Theorie haben schon bedeutendere Persönlichkeiten als ich hingewiesen. Ein kleines Beispiel aus meinen eigenen Untersuchungen über den Nutzen der Tausendfüßer soll deshalb nicht untern Tisch fallen:

Ich wunderte mich immer, daß meine Tante Anna, wenn sie uns besucht, sehr viel Zeit zum Reinigen ihrer dritten Zähne braucht. Selbst spezielle Tabletten brachten wohl nicht das gewünschte Ergebnis. Denn sie stocherte beim Frühstück immer noch mit ihrem einzigen Zahnstocher am Gebiß herum, bis sie irgendwelche Fädchen, die sich nicht aufgelöst haben, herausgepopelt hatte.

Beseelt von dem Willen, der Tante zu helfen, legte ich über Nacht ein paar schöne Exemplare Tausendfüßer in das Schälchen, in welchem ihr Gebiß schwamm. Der Erfolg war umwerfend. Am nächsten Morgen stürzte sie mit einem irren Schrei aus dem Badezimmer. Außer Atem berichtete sie meinen Eltern von einem grausigen Fund. Sie sollen sich selbst überzeugen. Doch bis meine Eltern im Badezimmer waren, hatte ich den Tierchen die Freiheit gegeben und das Schälchen mit frischem Wasser gefüllt. Die Eltern fanden nicht, was die Tante so entsetzte. „Verstehst du das?" fragten sie sich gegenseitig. Sie verstanden es nicht und rieten der Tante Anna, ihre Nerven zu schonen. Sie hätte sich in der Nacht zuvor nicht den Horrorfilm „Mörderspinnen" ansehen sollen. Tante Anna konnte nur noch stammeln: „Aber ich hab doch mit eigenen Augen gesehen, daß da…"

Den Beweis blieb sie schuldig. Keine Spur von irgendwelchen widerlichen Würmern. Das Gebiß strahlte in gelblicher Schönheit.
Das ist ja auch nicht leicht, etwas zu beweisen, das nur in der Phantasie existiert. Viele Wissenschaftler, besonders Ökonomen, Philosophen, Politologen und andere Staatsmänner, scheiterten letztendlich daran, daß sie ihre Theorien nicht vollständig beweisen konnten, auch nicht Karl Marx, Wladimir Iljitsch Lenin, Erich Honecker und Helmut Kohl, obwohl der die meisten Doktorhüte von allen bekommen hat. In jeder Wissenschaft steckt eben noch der Wurm oder ein Tausendfüßer, der keiner ist.

U wie Unke

Politische Unken leben gefährlich

Wenn jemand dich „alte Unke" nennt, dann mußt du dich nicht gekränkt fühlen. Zieh dich aus, zeig ihm deinen Bauch und Rücken. Hast du vorne ein rotes oder gelbes Fell mit dunklem Muster darauf und bist du hinten mit Warzen bedeckt wie ein Frosch oder eine Kröte? Lebst du in Tümpeln? Streck die Zunge vor dem Spiegel aus! Wär'st du eine Unke, dann müßte sie rund und unbeweglich sein. Na, siehst du. Du hast absolut keine Ähnlichkeit mit einer Amphibie.
Wie kommt aber ein Mensch dazu, einen anderen „Unke" zu nennen? Diese Beziehung zur Rotbauch- oder Gelbbauchunke ist nicht zu erklären. Der Mensch bezeichnet Unken als Schwarzseher, Unheilpropheten, Ungläubige, kurz als Pessimisten. Solche Unken hat es immer und wird es immer geben. Sie sind meistens nicht sehr beliebt, weil sie jede Festtagsstimmung, jedes frohe Ereignis einem vermiesen können. Heiratet zum Beispiel ein verliebtes Pärchen, dann unkt bestimmt einer: „Na, wenn das mal gut geht." Das ist eine ihrer Standardformulierungen.
Gefährlich ist es, wenn Unken in die Politik reinreden, sie könnten Leib und Seele aufs Spiel setzen. Zum ersten Mal wurden Ende der 80er Jahre Unken öffentlich angeprangert. Ein geistig zurückgebliebener Frisör, der sich zu einem hohen Parteifunktionär

hinaufgekratzt hatte, bezeichnete in einer groben Rede die Unken als Meckerer und Miesmacher, die dem Staat ein böses Ende voraussagen und den Glauben an die Geschlossenheit und Reinheit der Partei in Mißkredit bringen.

Die Unken hatten recht, es kam so. Nur zu dumm, daß die Mitglieder der Reinheitspartei ihre Prophezeihungen nicht laut, sondern hinter vorgehaltener Hand und im kleinen Familien- oder Freundschaftskreis unkten, darunter manche, die einen hohen Posten hatten. Nach der Wende prahlten sie: „Ich habe schon immer gesagt, wohin diese Mißwirtschaft führt. So konnte es nicht weitergehen."

Die Polit-Unken schrieben in dicken Büchern, was sie gedacht haben, aber nicht laut sagen konnten, weil sie doch auch eine Familie hatten. Manche spielten sich als geheime Widerstandskämpfer auf, und einer begann sogar eine Laufbahn als Fernsehstar. Auf einer Hängematte liegend, mußte er einem schnodderigen Schnösel, der sein Sohn sein könnte, Rede und Antwort stehen. Fast tat mir der Examinierte ein bißchen leid. Ich mußte an Professor Unrat denken.

Die Unkenbewegung ist nicht tot, sie belebt sich wieder, aber in Freiheit. Zu ihr gehören viele, die im Jahre 89 für die Freiheit demonstriert hatten und den Freiheitsbringern zujubelten. Doch nach zwei Jahren unkten auch sie: „So eine Freiheit haben wir nicht gewollt." Für die neuen Herren ist das kein Thema. Sie müssen die Unken nicht fürchten, weil die ja gar nicht wußten, was sie wollten. Und wenn sie weiter meckern und miesmachen, wen stört es? Die freiheitliche Demokratie verträgt auch Unken und Kröten und Rechtsextremisten. Sind ja nur eine Randgruppe. Wirklich gefährlich sind die Linken.

Aber so, wie es jetzt ist, kann es auch nicht weitergehn. Deshalb schlugen einige prominente Leute vor, die unzufriedenen Unken in einer Partei zu sammeln und mit ihnen beim nächsten Wahlkampf anzutreten. Kein schlechter Gedanke. Aber was will diese Sammelpartei? Sie will Gleichheit in Freiheit. Und was noch? Versöhnung. Und weiter? Alle unter einen Hut bringen. Unter was für einen Hut? Einen Strohhut, der leicht entflammt?

Die unzufriedenen Unken sind mißtrauisch. Sie sagen: „Ach geh mir doch weg mit deinem Gerede!" oder „Wer hat, der hat, und wer viel hat, kriegt immer noch mehr. Mach was dagegen" oder „Es hat ja alles keinen Zweck." So unken die Unken, und ihre Stimme klingt hoffnungslos. Da braucht man sich nicht zu wundern, wenn zufriedene Altbundesbürger sagen: „Die da drüben können nur weinen und jammern." Das ist natürlich ganz großer Quatsch. Wir können auch lachen. Worüber, das vestehn die da drüben doch nicht. Dazu muß man nämlich Grips haben.

Ich versteh nichts von der großen Politik, darum rede ich nicht gern darüber. Wenn ich das gekonnt hätte wie mein Freund Harald, der ratterte die Ismen-Sätze nur so runter, dann wäre ich als früherer Pionier vielleicht Freundschaftsratmitglied oder sogar ein Delegierter geworden. Ich habe bei den Pionieren auch nicht alles mitgemacht, zum Beispiel Fahnen schwenken und „hoch, hoch, hoch" brüllen. Ich hielt mich ja nicht für niedrig. Aber wenn was zu tun war, stieg ich voll ein, daß unserem Pionierleiter oder dem Herrn Direktor manchmal ganz schlecht wurde. Ich muß offen zugeben, daß auch ich geunkt habe, aber positiv und manchmal ganz schön frech, und keiner hat mir vorgeworfen, ich sei ein Meckerer und Miesmacher. Und jetzt?

Als ich vor einigen Tagen den Vorschlag machte, einen Unkenklub e. V. zu gründen – ich wollte ihn „Unken controvers" nennen –, da schauten mich einige erschrocken an. „Eeeej", sagte die brave Bärbel, „du bist wohl bescheuert. Fängst du schon wieder an?!!".
Mein Vorschlag muß bis zum neuen Herrn Direktor vorgedrungen sein. Er empfing mich in seinem Zimmer und stand mir zu Ehren auf, so daß ich zu ihm hinaufsehen mußte. Dann sprach er, wie man zu Untergebenen spricht: „Ssso, einen Klub von Meckerern und Miesmachern willst du gründen?! Das hat uns grade noch gefehlt. In der Schule haben politische Organisationen keinen Platz mehr. Ich hoffe, wir haben uns verstanden!"
Ich hab ihn verstanden. Er hat es ja laut genaug gesagt.

V wie Vampir

Blutlecker, Blutsauger, Blaublutmörder

Über Vampire wird so viel geredet, geschrieben und gefilmt, daß einem ganz wirr im Kopf ist. Es ist an der Zeit, einiges anhand der drei Hauptrichtungen in der Vampir-Forschung zu klären. Ich stütze mich dabei neben bekannten Filmdokumenten auf folgende Quellen: Enzyklopädien, etymologische Nachschlagwerke, Fachbücher der okkultistischen Wissenschaften, englische und deutsche Adelskalender, den Bestseller „Witwen, Waisen, Wundertäter" und auf Notizen aus der Provinz. Folgende vorläufige Forschungsergebnisse stelle ich zur Diskussion:
Variante 1: Vampire, das ist wissenschaftlich erwiesen, sind keine Blutsauger, sondern Blutlecker. Sie lassen sich leise auf ihre schlafenden Opfer nieder, ritzen mit ihren rasiermesserscharfen Zähnen die Haut ein und lecken das Blut. Sie lecken so lange, bis der Bauch der Vampire sichtlich anschwillt, so daß sie sich kaum mehr bewegen können. Eine Blutmahlzeit reicht für einige Tage. Und das Schönste? Die Opfer merken von alledem nichts. Sie stehen morgens wohlgemut auf, schauen wie immer zuerst in den Spiegel und wundern sich vielleicht über ein kleines, kaum wahrnehmbares Ritzchen am Hals. Wie ist das möglich, fragt sich der Betroffene. Woher stammt das winzige Blutgerinsel? Die Erklärung ist ebenso einfach wie wahr. Im Speichel der Vampire

befindet sich ein gerinnungshemmender Stoff, der sich aus Calciumhydrogenphosphatdihydrathypromelloselactosemagnesiumstearatpolythylenglycol zusammensetzt. Jeder Apotheker kennt das, verabreicht gegen Rezept bei 5,–DM Aufschlag entsprechende Pillen. Das erklärt einmal mehr die Wunderkraft, die in einem ungebildeten Vampir steckt. Herkunftsland der blutgeilen Vampire sind mit Sicherheit die Tropen und Subtropen.

Variante 2: Vampire sind B l u t s a u g e r und hinterlassen an ihren Opfern deutliche Wundmale, die von den langen Eckzähnen zu beiden Seiten ihres sonst tadellosen Gebisses herrühren.

Die Opfer werden davon meistens wach und ergeben sich wie unter Hypnose ihrem Peiniger. Die Wunderkraft dieser Vampire besteht darin, daß den von ihnen gebissenen Opfern ebenfalls solche Hauer wachsen und damit das ungestüme Verlangen, sich selbst ein Opfer auszusuchen. Meistens junge Mädchen und Frauen, bei alten schmeckt das Blut nicht mehr so süß. Nur im Notfall, also nach längerer Abstinenz, müssen auch alte Leute dran glauben, die danach an Blutleere sterben.

Das Herkunftsland dieser Vampire ist Griechenland, nicht wie oft behauptet wird, das Banat oder die transilvanischen Alpen. Es waren auch, wie die Geschichte überliefert, in den ersten Jahrhunderten nicht Männer oder irgendwelche Grafen, die das blutige Handwerk ausübten, sondern Lamien, auch Empusen genannt, die in Gestalt hübscher Mädchen Jünglinge verführten und von ihrem Blut tranken. Kein Geringerer als der Dichterfürst J. W. von Goethe erwähnt im 2. Teil seines „Faust" die Lamien, was entschieden glaubwürdiger ist als die Spinnereien über ein Monster namens Dracula.

Variante 3: Vampire sind eiskalte dämonische Frauen von erlesener Eleganz und langweiligen Manieren. Auch sie saugen die Männer aus und richten sie zumeist total zugrunde, so daß ihnen oft nichts anderes übrig bleibt, als sich eine Kugel in den Kopf zu schießen. Das zeugt von einer intelligenten Perversität dieser Vampire. Ihr Wirkungsfeld sind nicht düstere Schlösser, schmutzige Landgasthäuser und überfüllte Schnitterkasernen, sondern vornehme 5-Sterne-Hotels, Treffpunkt des altenglischen Landadels, amerikanischer Millionäre und Spielernaturen, die in allen Spielhöllen von Las Vegas über Monte Carlo bis Baden-Baden bekannt sind. Da es sich meist um englisch sprechende Opfer handelt, nennen sich die Vampire Vamp, sprich Wämp, eine englische Ableitung des Begriffs Vampir, der aus dem Serbokroatischen stammt. Zum ersten Mal tauchten in den 20er Jahren diese Vamps in Hollywood auf, später verbreiteten sie sich über Europa.

Drei Varianten also, die glaubwürdig sind, doch nur einer der drei Typen ist echt. Aber welcher? Ist es der blutleckende Vampir oder der blutsaugende Vampir oder der blaublutmordende Vampir? Sie werden es kaum glauben – es ist der ECHTE VAMPIR, der in Variante 1 beschrieben ist – eine FLEDERMAUS.

Zur Veranschaulichung der mysteriösen Vorgänge um Vampire sei mir zum Abschluß noch eine Notiz aus der Provinz erlaubt:

Mir ist aufgefallen, daß in jüngster Zeit Kleinunternehmer, meistens Einzelhändler, vor ihre Türen Reisigbesen stellen. Auch eine bekannte Bäckersfrau unseres Städtchens, deren luftgespritzten Brötchen allseits beliebt sind. Vor ihrem Laden stand ebenfalls ein Reisigbesen. Ich konnte mir lange Zeit nicht erklären, was dieses Zeichen bedeutet, bis ich in einem

Büchlein mit dem Titel „Götter, Götzen, Glaubensschwestern" las, daß im Mittelalter durchziehende Zigeuner mit dem Reisigbesen vom Betreten der Hütten, Häuser und Paläste ferngehalten wurden. Nun wußte ich Bescheid, es kam nur noch auf ein Exempel an, das die ewige Wahrheit bestätigte.
Ich besuchte einen alten Schulfreund, den langen Schücht, dessen dämonisches Antlitz schon die Kleinen im Kindergarten erschreckte. Ich bat den langen Schücht, doch sein Vampirgebiß aus synthetischem Gummi hervorzukramen und mir unauffällig zu folgen. Wir besuchten die brave Bäckersfrau, die gleich kundenfreundlich fragte: „Und womit kann ich dem jungen Herrn dienen?" Der lange Schücht sagte mit hohler Stimme, die aus einem Sarg zu kommen schien: „Drei Amerikaner und drei Liebesknochen", dabei ließ er seine Vampirhauer blinken.
Der guten Frau fiel die Kuchenzange aus der Hand, sie rannte mit einem entsetzlichen Schrei in die Backstube. Ehe der Meister und sein Geselle kamen, waren wir verschwunden. Am nächsten Tag hingen über der Tür des Bäckerladens und in einigen anderen Geschäften KNOBLAUCHZÖPFE.
Es gibt doch noch Dinge zwischen Himmel und Erde, die man sich nicht erklären kann.

W wie Wespe

Einsatz im Planquadrat 6/M

Die Geschwaderkommandeurin der WSP, Oberstflugschwester Quax, beordete ihre Aufklärer zu sich. Vier Mädchen in der adretten schwarzgelbgestreiften Uniform, die ihre schmale Taille besonders hervorhob, meldeten sich.
„Was gibt es Neues, Mädchen?" fragte die Chefin. Die Aufklärerinnen antworteten in ungeordneter Reihenfolge; denn bei Fliegern geht es legerer zu als bei Fußtruppen.
„Zuerst vielleicht den Wetterbericht, Oberstflugschwester. Also über ganz Schönleichen wolkenloser Himmel, leichter Nordwest, falbelhaftes Flugwetter. Sozusagen Kanzlerwetter, lange nicht gehabt."
„Summsana, sag bitte nicht mehr Kanzlerwetter, das trifft auf jede Wetterlage zu. Bleib sachlich."
„Zu Befehl, Chefin, also sichere Wetterlage".
„Wenn ich ergänzen darf: Viel Bewegung auf der Rollbahn Nr. 1. Gästeandrang zu erwarten."
„Auf einigen Grundstücken stellt man bereits Gartenstühle und Tische bereit."
„Es riecht nach Kuchen."
„Bitte um exakten Einsatzplan. Was empfiehlt das Standortkommando?"
„Für uns ist Planquadrat 6/M vorgesehen, Warschauer Str. 61. Man rechnet dort mit sieben Fressern."
„Ist das nicht die Familie D.?"

„Ja, so heißt sie wohl. Mit einem zur Familie gehörenden Jungen hatten wir schon mal einen unerfreulichen Zusammenstoß."

„Aber da gibts einen hervorragenden Kuchen, mit echter Sahne!"

Die Chefin erinnert sich schwach. Doch Dienst ist Dienst und Met ist Met. „Ruft die 1. und 3. Staffel zusammen. Das ist ein Befehl!"

Die Flugschwestern trudelten nach und nach ein. Eine hübscher als die andere.

„Zur Lage", sagte die Geschwaderführerin, nannte das Objekt, die Ziele und bat um Diskussion zum taktischen Vorgehen.

Die dienstälteste Flugschwester hob als Zeichen, daß sie reden möchte, eine ihrer Tragflächen: „Ich muß gleich darauf hinweisen, was uns dort erwartet. Die Alte, nämlich die Großmutter, ist eine erfahrene Jägerin. Sie stellt immer ein Gefäß mit einer Überdosis Zuckerwasser auf den Tisch. Vorsicht! Unbedingt meiden! Da kommt keiner mehr raus. Voriges Jahr haben wir auf diese Weise eine ganze Staffel verloren."

„Ach, nicht nur die ist gefährlich, der Alte, der Großvater, auch. Der raucht vielleicht ein stinkiges Kraut, daß man es in seiner Nähe nicht aushält."

„Keine Gefahr. Der wird von den anderen Familienmitgliedern so attackiert, daß er es bald sein läßt."

„Aber da sind ja auch noch die Kinder. Frech sind die, hauen nach uns."

„Laßt die Kleinen aus dem Spiel!" befahl die Kommandeurin streng. „Wir haben einen friedenserhaltenden Auftrag, sind keine Rambos."

„Aber wenn ich bloß an den größeren Bengel denke, ich weiß nicht, der heckt immer was Neues aus. Flugschwester Kamikaze hat ihn damals zwar für

drei Tage kampfunfähig gestochen, ist aber selbst dabei draufgegangen."
Die Chefin wurde ungeduldig, schaute schon zweimal nach der Sonnenuhr: „Schluß jetzt mit dem defätistischen Palaver! Kommen wir zur Taktik. Vorschläge?"
„Wir sollten nicht alle zugleich anfliegen, sondern eine nach der anderen. Die übrigen sichern abwechselnd den Luftraum."
„Sehr gut. Einverstanden."
„Wir sollten im stillen Gleitflug runtergehn. Ohne viel Geräusch, das macht nur unnötig aufmerksam und erschreckt. So vermeiden wir Affektreaktionen."
„Sehr schön. Weiter!"
„Falls doch einer von der Kuchenbesatzung eine unglückliche Bewegung macht, sofort Höhen- und Seitenruder betätigen und mit voller Pulle weg."
„Jawohl, Sabwespa, gut aufgepaßt bei den Flugstunden. Nur die robuste Flugschwester Stechlina hatte einen Einwand: „Eigentlich gefällt mir das ängstliche Gehabe nicht. Wozu haben wir den Sturzflug und den Überraschungsangriff geübt?"
„Das ist Sache des friedenstiftenden Kommandos GSG-9!" schnitt die Geschwaderchefin rigoros die Frage ab. „Oder wollt ihr, daß uns die Heuschreckenpresse wieder auf die Flügel tritt? Wir halten uns an die Weisungen der UNIZEF."
„Ja Schätzchen", sagte Sabwespchen und handelte sich einen vorwurfsvollen Blick ein. „Im Dienst, Flugschwester Sabwespa, heißt es immer noch Oberstflugschwester", rügte die Chefin mild.
Nach dem Uhrenvergleich kam der Befehl: „Um 15.30 startklar zum Abflug!"
Um 15.35 Uhr kamen die Staffeln geschlossen zurück, alle Flugschwestern waren sichtlich erschöpft

und aschgrau im Gesicht. Die Kommandeurin seufzte: „Tja, ging eben schief. Wir hätten diesen verdammten Bengel doch ernster nehmen sollen. Auf Giftwolken waren wir nicht vorbereitet."
„Giftwolken?" fragte die Standortälteste, die an der Auswertung teilgenommen hatte.
„Na ja, irgendwo haben wir eine undichte Stelle. Der Bengel erwartete uns und brannte im Augenblick unseres Erscheinens ein furchtbar ätzendes, stickiges Zeug ab. Wir hatten Mühe, uns aus der grauschwarzen Wolke wieder hinauszumanövrieren."
Nur die jüngste Flugschwester, die Sabwespa, zeigte ein Lächeln und sagte voller Genugtuung: „Aber seine Familie hat er damit auch verscheucht. Ätsch!"

Das letzte Abenteuer der „Enterprise"

Wir schreiben das Jahr 2222. Dies ist das letzte Abenteuer des Raumschiffs „Enterprise" in den unendlichen Weiten der Galaxien, die noch nie zuvor ein Mensch betreten hat.
Captain Pikar, der sich bei der Ärztin des Raumschiffes gerade erklären ließ, warum die Finger- und Zehennägel bei Toten eine Zeitlang noch weiterwachsen, wird zur Kommandobrücke gerufen.
„Was ist los, Fähnrich Okar?"
„Sir, ein unbekanntes, von der Föderation nicht gemeldetes Raumschiff befindet sich auf unserem Kurs."
„Position?"
„15566 strich 0."
„Commander Deter, Sie wollten was sagen?"
„Ja, Sir, da muß ein Irrtum vorliegen. Das ist die Postleitzahl einer Gemeinde in Germany."
„Suchen Sie weiter, Deter!"
Der Captain wandte sich an den Sicherheitsoffizier, einen Klingonen: „Wo ist eigentlich Commander Raik?"
„Er hat sich nicht abgemeldet, Sir."
„Dann suchen Sie ihn!"
Der Abkomme des kriegerischen Volkes spielte auf seinem Suchcomputer. „Er meldet sich nicht, Sir".
Captain Pikar fragt den blinden Navigator: „Commander la Fontour, haben Sie das Raumschiff geortet, sehen Sie schon was?"

„Einen Punkt, Sir. Er wird von Minute zu Minute größer."
„Schalten Sie den Bildschirm ein."
„Bildschirm eingeschaltet, Sir."
Commander Raik, die Nummer 1 des Schiffes, betritt lässig die Brücke.
„Wo stecken Sie, Nummer 1? Haben Sie den Ruf nicht gehört?"
„Doch, doch, Sir, aber ich konnte nicht antworten, war wie versteinert. Ich vertrage die medusische Küche nicht."
Commander Deter sah einen Erklärungsnotstand:
„Medusische Küche – ein Schlangenfraß gemischt mit Kröteneiern und in französischem Konjak angesetzt. Die Medusen sind…"
„Konzentrieren Sie sich jetzt auf Ihre eigentliche Aufgabe, Deter!"
„Ja, Sir."
Das unbekannte Raumschiff ist inzwischen auf Sichtweite. „Merkwürdig, sieht aus wie ein Pferd. Sagt Ihnen das was, Commander Deter?"
„Im Raumschiffverzeichnis der Föderation nicht vorhanden."
„Vergrößerung 5".
„Ai, Sir. Substanz: versteinertes Pinienholz. Sir, das einzige überdimensionale Transportmittel dieser Art wurde nur einmal im letzten Trojanischen Krieg gesichtet. 1184 vor unserer Zeit. Benutzt zum Menschenschmuggel."
„Vergrößerung 7".
„Da ist eine Aufschrift zu sehen!"
„Noch näher ran, Commander la Fontour."
„Ja, so ist es zu lesen: XANTHIPPAFURIA."
„Was sagt der Computer, Commander Deter?"
„Kein Raumschiff dieser Art ist bekannt."

„Es muß doch eine Deutung oder Übersetzung dieses Namens geben. Schalten Sie den etymologischen Speicher ein, Deter!"
„Was verstehen Sie unter etymologisch, Sir?"
„Mann, Deter, hast wohl Tomaten uf de Oogen! Linker Knopf rechts unten."
„Sie waren nicht gefragt, Fähnrich Okar. Bedienen Sie sich bitte eines sachlicheren Tones! Sie befinden sich auf der Enterprise, nicht auf einem märkischen Piratenschiff."
Das pferdeartige Raumschiff ist inzwischen auf Klarsichtweite.
„Ist es bewaffnet, Commander Klingon?"
„Keine Abschußrampen, weder für Kern- noch für Feserwaffen."
„Die können getarnt sein. Schutzschild aktivieren!"
„Sir!"
„Was gibts, Deter,"
„Es gäbe eine Erklärung. Xanthippe ist ein Synonym für Hausdrachen, Gattin des griechischen Philosophen Sokrates, 470 bis 399 v. u. Zeit, Lehrer Platons, wollte mit seiner Methode des Gesprächs zum kritischen Bewußtsein anre…"
„Kürzer, Deter, wir haben nicht so viel Zeit. Was ist mit Furia gemeint?"
„Furia ist eine Ableitung von Furien, im Griechischen Erynien gemeint. Das waren furchterregende Rachegöttinnen der Unterwelt, also in Verbrecherkreisen. Xanthippafuria könnte so was wie eine Symbiose beider sein."
„Er will böse Weiber sagen."
„Fähnrich Okar, ich verwarne Sie zum letzten Mal. Danke Deter, das hilft uns auch nicht weiter. Auf jeden Fall die Schutzschilde verstärken!"
„Sir?"

„Ja, Nummer 1?"
„Wir haben akustischen Kontakt."
„Verstärken!"
Die Commander der Enterprise vernahmen ein chaotisches schrilles Stimmengewirr von anschwellender Lautstärke, ohne auch nur ein einziges Wort zu verstehen.
„Hacken!"
„Wie bitte, Sir?"
„Auseinanderhacken bis auf Silben und Buchstaben!"
„Das ergibt keinen Sinn, Sir. Buchstaben, Silben und Wörter vermischen sich in einem Stimmenamok."
„Warum sieht man nichts vom Inneren des Schiffes? Vergrößerungsfaktor 50 anheben!"
„Nichts, Captain."
„Akustischen Impuls 210! Hallo, hören Sie mich? Hier spricht Captain Pikar von der Enterprise."
„Versteinerte Hölzer sind weder von akustischen noch optischen Sensoren zu durchdringen."
„Dann müssen wir uns rüberbeamen. Rufen Sie die Telepathin Dr. Feeling. Und Sie, Commander Klingon, kommen auch mit. Lassen Sie den Feser hier, wir gehen unbewaffnet."
„Sir, gestatten Sie, daß ich das Außenteam führe?"
„Sie bleiben hier, Nummer 1. Sie übernehmen die Enterprise!"
Dr. Feeling, das sanfteste und fraulichste Wesen des Raumschiffes, betritt die Brücke.
„Zu Diensten, Sir."
„Schauen Sie sich das fremde Raumschiff an. Spüren Sie etwas?"
„Ja, Sir, eine noch nie empfundene Irritation."
„Trauen Sie sich zu, mit uns rüberzubeamen? Es ist ein sehr riskantes Unternehmen. Sie können zurücktreten."

„Nein, Sir."
„Fertig, Klingon?"
„Ich diene der Enterprise!" rief in stolzen Ernst der Klingone.
„Also dann, beamen!"
Bange Minuten vergingen. Die Besatzung der Enterprise, des modernsten Flaggschiffes der Föderation, wartete mit gedrückten Daumen. Doch schon nach kurzer Zeit kam wider Erwarten das Außenteam zurück – ein völlig verstörter Captain Pikar, ein zitternder Klingone und eine irre lächelnde Telepathin. Pikar konnte in letzter Minute noch befehlen: „Kurs 180 Grad, Richtung Erde, volle Energie!"
Im Computerlogbuch fand sich die Eintragung: Warnung an Raumflotte der Föderation! Raumschiff XANTHIPPAFURIA nicht betreten! Lebewesen halb Mensch, halb Klapperschlangen. Reizfaktor von bisher unbekanntem Ausmaß. Außenteam in psychiatrischer Behandlung. Ende!

      Nummer 1, Commander Raik

Y wie Ypsiloneule

Tag- und Nachtschwärmer

Da ich fast am Ende meines tiermenschlichen Alphabets bin, hab ich ehrlich gesagt keine Lust mehr, mich auch noch mit den 150 000 Arten von Schmetterlingen zu befassen, von denen es in Europa allein siebentausend Arten gibt, die sich mit ihren zylindrischen Hintern auf alle denkbaren Gewächse setzen. Viele von ihnen sind ja sehr schön anzusehen, das kommt durch die Schuppen auf den Flügeln. Wer hätte gedacht, daß der Schuppenbelag umgewandelte Härchen sind. Ich nicht. Meine Schuppen sind alles andere als schön. Sie verbreiten sich nicht nur auf dem Kopf, weil ich ja keine Flügel habe, sondern auch auf dem Buckel. Mir graut schon jedesmal, wenn ich zum Frisör muß. Die Frisöse empfiehlt mir immer ein anderes Antischuppenshampon, es nutzt nichts. Ich habe es auch schon mit der natürlichen Entschuppungsmethode versucht, mit harten Bürsten, daß die Schuppenfetzen nur so flogen, aber sie bildeten sich wieder. Mit einer Drahtbürste hatte ich auch nicht den gewünschten Erfolg. Ich mußte danach wochenlang mit ungewaschenem Kopf rumlaufen, bis der blutige Schorf abgeheilt war. Allerlei Hausmittel versuchte ich, Essig, Honig, Sauerkrautpackung, Aufweichchemikalien, Margarine, Hexeneisud, Wodka – die Schuppen kamen immer wieder. Bei letzterem zog ich auch noch andere Insekten an, was allerdings den Erfolg hatte, daß ich die besof-

fenen Biester nur abzukämmen brauchte. Jetzt steh ich vor der Frage, es mit einem Sandstrahlgebläse zu versuchen, wie mir der Schweine-Sigi riet, aber in diesem Falle trau ich ihm nicht. Der hat einen härteren Schädel als ich.
Ich bin ein bißchen abgeschweift (oder heißt es geschwiffen?), bei den Schmetterlingen gibt es auch sogenannte Tag- und Nachtschwärmer. Wenn es sich um schöne bunte Tagschwärmer handelt, so sind sie ohne weiteres mit den heutigen Mädchen zu vergleichen. Poetisch ausgedrückt, sie schwärmen bunt durch unsere Lande, auch durch die neuen Bundesländer. Es gibt ja genug Buntes zu kaufen, das ist die positive Seite, die negative ist, daß das bunte Zeug ziemlich viel Geld kostet. Die Nachtfalter dagegen sind meist grau in grau oder mit bräunlicher Patina. Mich stören sie immer nachts beim Lesen, sie verdunkeln meine einzige illegale Lichtquelle. Meine Mutter wundert sich jeden Tag über die vielen Leichen, die auf der Bettdecke liegen, und die hohe Stromrechnung. Als ob ich die Strompreise mache. Als Nachtschwärmer bezeichnet man auch eine Spezies Mensch. Ich kenne welche beiderlei Geschlechts, die schwärmen jede Nacht. Was sie da tun, sieht man in Erotikfilmen, die ich mir nicht erst ansehe, weil ich sowieso schon alles weiß. Theoretisch natürlich. Aber die Theorie, das lernte mein Vater einmal im gewerkschaftlichen Parteilehrjahr, soll der Überbau sein. Doch der Unterbau soll bei ihm auch zu kurz gekommen sein. Das hat ihm die Mutter öfter gesteckt. Wieso komme ich eigentlich auf Schmetterlinge, die doch mit S beginnen und nicht mit Y? Beim Durchakkern der 6200 Arten, die restlichen 800 hab ich nicht mehr geschafft, stieß ich auf einen Falter mit dem schönen Namen Ypsiloneule. So ein kleines krepli-

ches Ding, das politisch den Kosmopoliten zugeteilt wird, wegen ihrer allseitigen Verbreitung. Es ist schon eine Frechheit der Schmetterlingsforscher, sie als Eulen zu bezeichnen. Sie müssen irgendwann in der Schule nicht aufgepaßt haben. Vielleicht im Schulgartenunterricht.

Ypsiloneulen sollen sich besonders gern in Gemüseanbaugebieten aufhalten. Sie werden, schätze ich, bald aussterben. Denn wo früher riesige Gemüsefelder sich streckten, ist jetzt Brachland oder ein Golfplatz. Ein paar Gemüsegärtner üben sich heute im Ballaufheben, Stöcke tragen, Rasenmähen, Katzbuckeln und Sektpullenöffnen, falls sie noch Jungfrauen oder wenigstens gutaussehende Schmetterlinge sind.

Die Überbaumenschen sind total verrückt geworden, ehrlich, und die Unterbaumenschen müssen deren Hobbys ausbaden. Wo bleibt da die Gerechtigkeit?

Z wie Ziege

**Über das Benehmen
von Ziegen und Zicken**

Ziegen sind launisch und bockig wie Esel. Ich weiß das vom Schweine-Sigi. Der hat so'ne olle Ziege, die sich schlecht benimmt, dauernd grundlos meckert, ohne Aufsicht überall rumspringt, nur damit man auf sie aufmerksam wird. Einmal hatte sie sich von ihrem Pfahl losgerissen, ist auf den Fußballplatz gestürmt und hat unseren Tormann ins Netz geschubst. Dadurch haben wir verloren.
Sie hat auch kein richtiges Verhältnis zur Kunst, sonst hätte sie nicht bei einem Malwettbewerb zum Thema „Schöner scheine die Sonne" auf einem unserer Straßengemälde ihre Notdurft verrichtet. Und saufen kann sie, mit Vorliebe scharfe Sachen. Sigi pinkelte ihr einmal ins Maul, da hat sie aber geschmatzt. Ziegen mögen Salziges, sagte Sigi. Seine Mutter mochte es nicht und knallte ihm eine. So darf man sagen: Mit Ziegen kann man was erleben.
Im lateinischen Wörterbuch heißt Ziege capra, eine Insel am Golf von Neapel Capri, weil es dort wahrscheinlich viel Ziegen gibt. Wenn auf Capri die rote Sonne im Meer versinkt, ... dann muß dort irgend etwas Zickiges vor sich gehen. Vielleicht Bocksprünge und andere Lustbarkeiten. Vielleicht auch Tragödien, weil der Ziegenbock auf griechisch tragos heißt. Man kann sich viel zusammenreimen.

Auch das: Ziegen und Böcke genießen auf Capri und an anderen Sonnenstränden ein süßes Leben.
Aber man muß nicht erst ins Ausland fahren, um zikkiges Treiben zu beobachten. Bei der Eröffnung einer Gemäldegalerie kann man das auch. Wer trifft sich dort? Die Feinsten der Feinen, die sogenannte Schickeria. Ich habe die Erklärung dieses Begriffes in keinem Wörterbuch gefunden. Aber es muß sie doch geben, sonst würde man nicht von ihr reden. Untersuchen wir also: Schickeria kommt wahrscheinlich von schick. Schick bedeutet modern, superschick übermodern. Schick sein ist alles. Deshalb brauchen die modernen Damen und Herren, auch Schicksen und Böcksen genannt, gar nichts – wie Schweine-Sigis Ziege – von Kunst zu verstehen. Sie bekommen dort die feinsten Häppchen und nebst Sekt auch scharfe Sachen verabreicht, flanieren zwischen den Bildern, die sie gar nicht interessieren, umher, bilden Grüppchen und plaudern miteinander. Man kann es auch Klatsch und Tratsch nennen. Hauptaufgabe der Schickeristen ist, sich zu zeigen. Der Galerist, den kaum einer beachtet, läßt sich in einer Ecke vollaufen.
Die Schicksen beherrschen in der Regel vier Eigenschaftswörter, nämlich schick, toll, super und geil, höhergebildete Schicksen steigern sich auf reizend, entzückend, bezaubernd und wonderful. Sie reden nur in der Ich-Form wie: "Ich hatte ein todschickes Kleid an", aber der Tod scheint einen besseren Geschmack zu haben.
Eine Ziege braucht auch manchmal einen Bock zum Spielen, sehr beliebt ist zum Beispiel das Bockspringen. Das gab es auf der Ziegeninsel Capri auch. Aber die Schickeriaböcke widmen sich heute moderneren Sportarten und halten sich anders gesund, entweder

durch Geschäfte, wo das Finanzamt nicht dahinterkommt, oder sie werden von älteren reichen Schicksen angestellt, man nennt sie dann Playboys, oder sie tun überhaupt nichts und halten nur Ausschau, wo sie als Schickeristen wieder auftreten können.
Jetzt soll keiner denken, Ziegen und Böcke gibt es nur unter den Feinsten und Faulsten. Auch unter dem Bildungsbürgertum und normalen Sterblichen. Sie benehmen sich nur nicht so auffällig, sondern komisch und zickig. Wenn sich zum Beispiel eine gebildete Studienrätin über ein Witzchen aufregt, nur weil sie es nicht oder falsch verstanden hat, dann benimmt sie sich zickig, nicht komisch. Oder wenn eine wohlgeformte Gymnasiastin wie unsere brave Bärbel nicht einsehen will, daß ihre Wölbungen zum Anfassen reizen, dann benimmt sie sich komisch wie eine Novizin, also wider die Natur. Wenn aber ein älteres Fräulein gleich in Ohnmacht fällt, sobald sie einen Mann in langen Unterhosen sieht, dann benimmt sie sich weder komisch noch zickig, sondern tragisch. Es kann schon sein, daß ein Mann in dieser Bekleidung nicht wie der Fruchtbarkeitsgott Dionysos aussieht. Würde er sich in schöner Nacktheit zeigen, dann hätte sich das Fräulein nur verschämt benommen.
Jede Geiß, ob alt oder jung, ist neugierig, und jeder Ziegenbock weiß, wofür ihn die Götter mit kräftigen Hufen ausgestattet haben – zum Springen.
Ich werde Schweine-Sigis Ziege künftig aus den Weg gehen. Wer weiß, was die in mir sieht.

Bereits in 4. Auflage

Ottokar Domma sen.

Ottokar und die neuen Deutschen

155 Seiten
8 Vignetten von Manfred Bofinger
Broschur · 14,80 DM
ISBN 3-910163-91-2

Ottokar Domma, der Held für Junge und Alte, ist älter geworden, deshalb sen. Aber er ist der Schalk geblieben, der er immer war. Er macht sich über die „heiligen Kühe" der „ernsthaften" Deutschen lustig, über Festtage, Familie, Moral, Ordnungssinn, Gelehrsamkeit. Gründlichkeit und den Hang zur Bedeutsamkeit. Ja, er schreckt nicht einmal davor zurück, sich selber auf die Schippe zu nehmen.

Reiher Verlag
Weydingerstraße 14–16
10178 Berlin

Renate Holland-Moritz

Ossis, rettet die Bundesrepublik!

158 Seiten
Mit 27 Illustrationen von Manfred Bofinger
cello. Pappband · 16,80 DM
ISBN 3-320-01827-2

RHM ist nach eigenem Bekunden eine notorische Klatschtante. Sie beobachtet und belauscht Menschen, speichert, was sie an ihnen originell oder entlarvend findet, gießt es durch das Raster der Satire beziehungsweise des Humors und bringt das Ergebnis zu Papier sowie anschließend zum Vortrag. Man könnte sie also als informelle Mitarbeiterin (IM) ihrer zahlreichen Leser und Zuhörer bezeichnen.

RHM fand zu DDR-Zeiten die Erfahrung ihres Lieblingsklassikers Kurt Tucholsky bestätigt, daß es schwer sei, keine Satire zu schreiben. Obwohl es ihr beileibe nicht immer leichtgemacht wurde. Heutzutage keine Satire zu schreiben, hält sie für unmöglich.

Dietz Verlag Berlin
Weydingerstraße 14–16
10178 Berlin

Mathias Wedel

Nicht mit Kohl auf eine Zelle!

Pamphlete

128 Seiten · Broschur · 16,80 DM
ISBN 3-320-01808-6

Der Band versammelt Satiren und Polemiken aus jüngster deutscher Gegenwart. Der Autor macht aus seiner Wut über die grobe Vereinnahmung des Ostens durch die westdeutschen Sieger keinen Hehl und verspottet neue Illusionen, das Demokratie-Geschenk des Kanzlers könnte Gerechtigkeit und Freiheit bringen.

Dietz Verlag Berlin
Weydingerstraße 14–16
10178 Berlin